이항복—나라를 위해 몸을 불사르다

서연비람은 조선 시대 왕궁 내, 강론의 자리였던 서연(書筵)에서 강관(講官)이 왕세자에게 가르치던 경전의 요지를 수집하여 기록한 책(비람備覽)을 말합니다. 서연비람 출판사는 민주주의 국가의 주인인 시민들 역시 지속 가능한 과거와 현재, 미래의 이치를 깨우치고 체현해야 한다는 믿음으로 엄선한 도서를 발간합니다.

역사와 문학 비람북스 인물 시리즈

이항복–나라를 위해 몸을 불사르다

초판 1쇄 2023년 9월 29일
지은이 정성환
편집주간 김종성
편집장 이상기
펴낸이 윤진성
펴낸곳 서연비람
등록 2016년 6월 29일 제 2016-000147호
주소 서울시 강남구 남부순환로 2909, 201-2호
전자주소 birambooks@daum.net

ⓒ 정성환 2023, Printed in Korea.

ISBN 979-11-89171-63-6 44810
ISBN 979-11-89171-26-1 (세트)

값 9,800원

역사와 문학

비람북스 인물시리즈

이항복

나라를 위해 몸을 불사르다

정성환 장편소설

서연비람

차례

머리말

한 인간이 세상에 태어나 일생을 살면서 권력과 부와 영광을 누리며 당대를 살아가는 경우는 드물지 않게 많을 수 있다. 하지만 그 사람이 세상을 떠난 뒤에도 그의 삶이 높이 평가받고 깊이 숭앙받는 사람은 그리 많지 않다.

1556년(명종 11년)에 태어난 이항복은 탁월한 경륜으로 매우 위태롭고 어려운 지경에 있는 나라를 구하는 일에 몸을 바치고, 학문과 문장에 뛰어난 인물로, 죽은 후에도 높이 평가받는 인물이다.

이항복은 참찬 벼슬까지 오른 이몽량의 막내아들로 태어나 귀여움을 독차지했다. 어려서부터 총명하고 글을 잘 지어서 가족과 주위 사람들로부터 신동이라는 칭찬을 받으며 자랐다.

그러나 그는 9세에 아버지가 세상을 떠나자, 실의에 빠져 방황을 하게 된다. 게다가 16세에는 어머니마저 잃게 된다. 보통 인간이 이러한 여건에 이르면 나락에 빠지기 쉬울 것이다. 하지만 이항복은 슬픔을 딛고 일어났다. 큰형님

집에서 기거하면서 결혼을 하고 열심히 공부하여 25세에 마침내 과거에 급제하여 벼슬길에 나선다. 임진왜란이라는 지금까지 한 번도 있어 본 적이 없는 국난이 왔을 때, 어가를 호종하면서 난 극복에 몸을 던졌다. 임진왜란을 극복하는 과정에서는 평생의 동지 이덕형과 힘을 합쳐 명나라에 원병을 청하여 전황을 유리하게 만들었다.

이항복은 의를 목숨보다 중요하게 여기는 사람이었다. 당쟁이 극심하던 선조 시대에 이항복은 어느 파당에도 가담하지 않고 오로지 나라를 위하는 방향으로 직무에 임했다. 1618년(광해군 10년) 인목대비를 폐모하는 것에 반대하다가 관작이 삭탈되고 함경도 북청으로 유배되어 그곳에서 생을 마감했다. 그는 죽은 해에 관작이 회복되고 같은 해 8월 고향인 경기도 포천에 묻혔다.

조선시대 한문 4대가의 한 사람인 이정구는 "이항복이 관직에 있는 40년 동안, 누구 한 사람 당색에 물들지 않은 사람이 없을 정도였지만 오직 그만은 초연히 중립을 지켜 공평히 처세하였다. 그렇기 때문에 아무도 그에게서 당색을 찾아볼 수 없었다. 또한 그의 문장은 이러한 기품에서 이루어졌으니 뛰어날 수밖에 없다."고 이항복의 기품과 인격을 칭송하였다.

원고를 집필하는 동안 선배 문인과 학자, 그리고 후배 문인 김종성 소설가의 도움을 많이 받았다. 장편소설 『이항복 -나라를 위해 몸을 불사르다』를 '역사와 문학 비람북스 인물 시리즈'의 한 권으로 출간하는 기회를 준 서연비람 윤진성 대표와 난고를 예쁜 책으로 편집해준 이상기 편집장을 비롯한 편집진에게 감사의 말씀을 드린다.

2023년 5월 25일
경기 고양 우거에서
정성환

1. 태어나지 못할 뻔한 아이

　이항복은 1556년(명종 11년)에 한성 서부 양생방의 필운대1 아래에서 참찬2 이몽량의 막내아들로 태어났다. 이항복의 아버지 이몽량은 고려의 대학자 익제 이제현의 후손이다. 이몽량은 1552년(조선 중종 17년)에 사마시3에 올랐다. 1558년에는 대과에 급제하였으며, 예조판서, 형조판서를 거쳐 우참찬에 오른 인물이다.

　이항복의 아버지 이몽량은 함평 이 씨와 결혼하여 운복, 산복, 송복을 두었으나 상처를 하였다. 그리하여 전주 최씨와 재혼하여 경복, 다복에 이어 항복을 낳게 된다. 그런데 이항복은 하마터면 세상에 태어나지도 못 할뻔했다. 이항복의 어머니 최 씨가 항복을 잉태했을 때 몸이 몹시 쇠약

---

1 필운대(弼雲臺): 지금의 서울시 종로구 필운동 88번지로, 배화여고의 교정이 포함된 지역이다.
2 참찬(參贊): 조선시대 의정부의 정2품 관직.
3 사마시(司馬試): 생원과 진사를 선발하는 시험.

하여 위험한 지경까지 되었다. 그래서 의원의 권유를 받아들여 낙태약을 썼던 것이다.

그런데 약효가 부족했던지, 아니면 큰 인물이 될 아이임을 하늘이 알았는지, 낙태가 되지 않았다. 그래서 항복은 세상에 태어났다. 하지만 약의 독성 때문인지 아기는 태어나서 이틀 동안이나 젖을 먹지 못하고 울지도 않았다. 게다가 아기의 등과 어깨에는 푸릇푸릇 멍 같은 것이 퍼져 있고, 겨우 숨만 쉬고 있었다.

이항복의 부모는 낙태약을 쓴 것을 한없이 후회하며 어떻게든 아기를 살려내기 위해 백방으로 노력하였다. 이때 금강산에서 오랫동안 공부를 하여 『주역』4에까지 통달한 도사라는 소문이 난 사람이 마침 이 참찬 집을 찾아왔다. 그가 울지도 못하는 아기의 맥을 짚어보더니 말했다.

"허어, 조금 더 지체했으면 큰일 날 뻔했군."

도사는 가루약을 꺼내어 아기의 코에다 가루약을 조금 뿌려 넣고, 발바닥과 푸른 멍에는 쑥물에다 가루약을 갠 것

---

4 주역(周易): 중국 주(周)나라 때의 경서(經書). 천문 · 지리 · 인사 · 물상(物象)을 음양(陰陽) 변화의 원리에 따라 해명한 유교의 경전으로 역(易), 또는 역경(易經) 이라고도 함.

을 바르고 그 위에 또 고약을 발라주었다. 그러고는 한동안 아기를 관찰하다가 큰 소리를 꽥 질렀다.

"으앙!"

아기가 깜짝 놀라 울음을 터트렸다. 처음으로 울음소리를 낸 아기는 손발을 조금씩 움직이기 시작했다. 한동안 아기를 살펴보던 도사는 너무 걱정하지 말라는 말을 하고는 바로 떠나려고 했다. 귀한 아기를 살려낸 사람을 그냥 보낼 수는 없는 일이었다. 아기 아버지 참찬 이몽량이 극구 말려서 며칠을 더 묵게 하여 융숭한 대접을 하며 아기의 장래까지 점쳐보게 했다. 점괘를 풀어본 도사가 말했다.

"이 아기는 장차 나라에 큰 공을 세워 만민을 구할 것이며, 댁 문중에 큰 광영을 돌리게 될 것입니다. 그러하오니 정성을 다하여 잘 보살펴 키우기 바랍니다."

도사의 예언대로 아이는 자라서 임진왜란 때에 큰 공을 세워 나라의 일등 공신이 되었고, 마침내 그 벼슬이 영의정에까지 이르게 된다. 하지만 항복이 태어날 당시에 항복의 아버지 이몽량은 쉰여덟의 나이로, 이미 며느리와 손자까지 둔 노인이었다.

위로 형들이 여럿 있는 막내둥이로 태어난 이항복은 아

버지의 유별난 사랑을 받았다. 형제가 많은 집안의 막내가 대체로 그러하듯이 항복은 마냥 개구쟁이로 자랐다. 그는 집 안에 있기보다는 나가서 동내 아이들과 놀기를 좋아했다. 아이들이 모여서 놀다 보면 가끔은 말다툼을 하고 싸움질도 하기 마련이었다. 그럴 때 항복은 항상 상대 아이들을 이겼다. 그러나 싸움은 자주 하면서도 마음씨가 고와 남을 돕기를 좋아하는 착한 아이였다.

어느 날이었다. 항복이 새 옷과 새 신을 신고 밖으로 나가 놀았다. 늦도록 놀다가 돌아온 항복을 본 어머니가 깜짝 놀랐다.

"아니, 이게 어찌 된 일이냐, 새 옷과 새 신발은 어떻게 하고 이렇게 거지꼴을 하고 들어오느냐? 대체 무슨 일이 일어난 거냐?"

새 옷과 새 신발로 나간 항복이가 누더기 옷과 다 헐린 헌 신발로 들어왔기 때문이었다.

"그렇게 되었어요, 어머니……."

"그렇게 되었다니? 그게 무슨 소리냐? 어서 자초지종을 이야기해 봐라."

어머니는 항복에게 다그쳐 물었다.

그냥 넘어갈 수 없다고 느낀 항복이 기어들어 가는 조그만 목소리로 사실을 털어놓았다.

"어머니, 저어, 사실은 요, 동네 아이들과 노는데, 이 헌 옷을 입고 온 아이가 내 옷을 자꾸 만지면서 무척이나 부러워하는 게 아니겠어요. 생각해 보니 그 아이는 우리 집보다 무척 가난한 것 같아서 옷과 신발을 모두 벗어주었어요."

항복이 머리를 긁적이며 겸연쩍게 말했다.

항복의 말을 듣고 나자 어머니는 안심이 되었다. 아들의 착한 심성이 무척이나 대견스러웠다. 참 잘했다고 칭찬해 주고 싶기까지 했다. 그러나 만약 그랬다가는 앞으로 또 이런 일이 자주 일어날 것 같아서 참았다.

"그래, 친구만 생각하고 너는 이렇게 헐벗으면 어떻게 되겠니? 앞으로는 제발 그러지 말아라."

어머니는 가볍게 꾸짖는 선에서 끝냈다.

"저는 그 옷 없어도 괜찮아요. 집에 다른 옷 많이 있잖아요. 어머니, 너무 걱정하지 마세요. 앞으로는 그러지 않을게요."

항복은 티 없이 웃으며, 무릎을 꿇었다.

아들의 말과 행동이 대견스러워 어머니는 마음이 놓였다. 또래들과 모여 놀기를 좋아하는 항복이가 싸움판에 뛰어들어 앞장을 선다는 소문에 걱정했던 마음이 한꺼번에 풀렸다. 개구쟁이였지만 항복은 이렇게 마음씨가 착한 아이였다.

하루는 항복이가 이웃집 아이와 놀다가 잘 날지 못하고 바동거리는 어린 참새 새끼 한 마리를 붙잡았다. 항복이가 새끼 참새의 머리와 등을 쓰다듬었다. 새는 짹짹 소리를 내며 빠져나가려고 바동거렸다.

"내가 만져주니까 기분이 좋은가 봐."

항복은 신이 나서 참새 새끼를 계속해서 만졌다.

"어디, 나도 좀 만져보자."

친구 아이도 참새 새끼를 손에 놓고 신나게 만졌다. 두 아이는 서로 바꾸어 가면서 새를 만지면서 놀았다. 얼마 뒤에 참새 새끼는 눈을 감고 움직이지 않았다. 계속 새를 쓰다듬어주었지만 새는 눈을 뜨지 않았고, 새의 몸은 차츰 식어갔다.

"죽었나 봐?"

두 아이가 동시에 말했다.

"어떻게 하지?"

친구 아이가 말했다.

"땅에 묻어주자."

항복이 말했다.

"그래, 장사를 지내주자."

두 아이가 서로 쳐다보며 말했다.

"내가 헝겊을 가져올게."

항복이 방으로 가서 어머니께 말했다.

"어머니, 헝겊 좀 주세요."

"갑자기 웬 헝겊은, 어디에다 쓸려고?"

사내아이가 무엇 하려고 헝겊은 달라고 하는지 의아하여 어머니가 물었다.

"참새 새끼를 가지고 놀았는데요, 새가 그만 죽어버렸어요. 장사지내고 묻어주어야 해요."

'애들이란 새 새끼를 가지고 놀다가 죽으면, 고장 난 장난감처럼 아무렇게나 버리기 마련인데, 새를 묻어 장사를 지낸다니 무슨 일이야?'

이렇게 생각하며 어머니는 어떻게 하나 궁금하기도 하여 항복이의 요구대로 삼배 헝겊을 잘라주고는 바느질하면서 안 보는 척하고 녀석들이 하는 짓을 관찰했다.

두 아이는 죽은 참새 새끼를 정성스레 헝겊으로 싸서 뒷마당에 있는 오동나무 밑에다가 호미로 땅을 파서 묻고, 봉긋하게 무덤을 만들었다.

"아이고, 아이고……."

두 아이가 무릎을 꿇고 엎드려 곡을 했다.

이때, 마침 나들이하고 돌아오던 항복의 아버지가 뒷마당에서 들리는 아이들의 곡소리를 들었다.

"아니, 뒷마당에서 애들 곡소리가 들리는데, 이게 무슨 일이오?"

항복의 아버지가 괴이쩍게 생각하여 부인에게 물었다.

"애들이 참새 새끼를 가지고 놀다가 새가 죽어 버리니까 지금 참새 장례를 치른다고 저러고 있어요. 그러니 못 본 척하세요."

부인이 웃으면서 말했다.

"허허, 녀석들, 기특하군, 기특해. 가지고 놀다가 죽으면 아무 데나 던져 버릴 텐데 새 장례를 치러주다니, 녀석들 참, 하하하!"

항복의 아버지가 큰 소리로 웃었다.

어려서부터 글을 읽기 시작한 항복은 한문의 구절을 영특하게 잘 해득하는 놀라운 재주가 있었다. 항복의 글재주를 기특하게 여긴 아버지는 아들의 재주를 사람들에게 자랑하고 싶었다.

사랑방에 아버지의 친구들이 모인 어느 날이었다. 아버

지가 항복을 불렀다. 아버지의 부름을 받은 항복이 곧바로 사랑으로 뛰어왔다.

"아버님, 부르셨어요?"

항복이 사랑에 들어와 의젓하게 큰절을 하고 나서 물었다. 아버지 주위에는 여러 사람들이 앉아 있었다.

"그래, 너 요즘 글공부 잘하고 있겠지?"

"예."

"자아, 그러면 여기 여러 어른들 앞에서 어디 글을 한번 지어보아라."

이렇게 말하면서 아버지는 붓으로 '劍(검)' 자와 '琴(금)' 자를 써서 항복에게 주었다.

항복은 두 글자를 보고 눈을 깜짝이며 잠깐 생각을 하더니 다음과 같이 글을 지었다.

칼은 장부의 기상이 있고
거문고는 태고의 소리를 간직하도다

劍有丈夫氣(검유장부기)
琴臟太古音(금장태고음)

방 안의 사람들이 일제히 이구동성5으로 명문이라고 칭찬을 했다. 기분이 좋아진 아버지가 이번에는 건너편 언덕에 있는 버들을 가리키며 또 시를 지어보라고 했다. 항복은 버들을 바라보며 잠시 생각에 잠겼다. 그러고는 먹을 찍어서 글을 써내려갔다.

동풍이 가만히 언덕 위로 향하여 재촉하니
언덕 위의 버들이 황금색이 되도다.

洞風潛向陌頭催(동풍잠향맥두최)
陌頭楊柳黃金色(맥두양류황금색)

이 같은 놀라운 재능에 사람들이 모두 입을 모아 칭찬했다. 그날 사랑방에 술상이 여러 번 들어온 것은 물론이었다.

---

5 이구동성(異口同聲): 여러 사람의 말이 한결같음. 이구동음.

2. 이 손이 누구 손이옵니까?

항복이 아홉 살 되던 때의 일이었다. 여름 어느 날이었다. 이항복의 집 사랑 담 옆에는 살구나무 한 그루가 서 있었다. 살구가 누렇게 잘 익어있어서 그가 틈틈이 맛있게 따먹었다. 몇 번을 따먹고 나니 담 안에 있는 가지에는 익은 살구가 더는 없었다. 그렇지만 담을 넘어 옆집으로 넘어간 가지에는 익은 살구가 아직 많이 열려있었다. 하지만 거기까지는 어린 항복의 손이 닿지 못했다. 그래서 하인 복돌이를 불러 도움을 청했다.

"담 넘어간 저 살구 좀 따 줘."

항복이 담 넘어 살구를 가리키며 말했다.

"안 됩니다. 도련님."

항복의 말에 하인은 고개를 흔들며 말했다.

"안 되다니, 그게 무슨 소리냐?"

"도련님께선 저 가지가 어디로 넘어가 있는지 몰라서 그러십니까?"

"내가 그걸 왜 몰라. 가지가 담을 넘어가 있어 팔이 닿지 않아서 너한테 부탁하는 거 아니냐."

"저 살구는 저 댁 사람들이나 딸 수 있지, 소인네들은 손도 댈 수가 없습니다."

하인이 손을 내 저으며 말했다.

"손도 못 대다니? 우리 살구를 감히 누가 손도 못 대게 한단 말이냐!"

"도련님, 담 너머로 넘어간 가지에 달린 살구는 자기네 것이라고 따지 못하게 합니다요."

"말도 안 되는 소리, 가지가 담을 넘어가있어도 살구나무는 분명히 우리 살구나무가 아니냐?"

"그건, 그렇습니다만……."

"그렇다면 우리 살구를 우리가 따는데 누가 못 따게 한단 말이냐?"

"도련님은 저 댁에 누가 사시는지 몰라서 이러십니까?"

"모르긴 내가 왜 몰라. 나를 바보로 아느냐? 권철 대감께서 사시고 계시는 줄을 내가 모를 것 같아?"

"그래서 소인들은 저 댁 하인들에게 감히 따질 수가 없습니다. 도련님."

하인의 말인즉 참의1 벼슬이 살고 계시는 만큼, 그보다 직급이 낮은 참찬 벼슬을 지낸 대감을 모시고 있는 자기들

처지로는 그 댁 하인들이 부당하게 나와도 달리 대처할 수
가 없다는 말이었다.

"소인들이 살구에 손을 댔다가는 몰매를 맞게 됩니다
요."

"아니, 저런 못된 사람들이 있나……."

하인의 설명을 듣고 잠시 마당을 서성이던 항복이 어머
니가 있는 방 안으로 들어갔다.

"어머니, 저 사랑 뜰에 있는 살구나무가 우리 것이 맞지
요?"

식식거리며 묻는 항복의 태도를 보아 어머니도 사태를
짐작할 수 있었다. 살구나무로 인하여 불편했던 지난 일이
다시 생각났다.

"그렇고말고, 그 살구나무야 우리 집 사랑 마당에 박힌
나무니 우리 것이지. 그런데 왜 그러니?"

어머니가 물었다.

"아니, 그런데 우리 살구를 왜 그 집에서 다 따먹고 우리
는 못 따먹게 해요?"

---

1 참의(參議): 조선시대 육조에 소속된 정3품 당상관 직책.

어머니의 말눈치도 좋지 못한 감정에서 나오는 말인 것을 알고 항복이 목소리를 높여 어머니에게 말했다.

"에구, 누가 아니. 가지가 그 집으로 넘어갔다고 글쎄 자기 살구라며 다 따먹는구나. 어쩌면 경우가 그래."

어머니가 항복을 바라보며 말했다.

"그럼 우리 살구니 달라고 하지 왜 달라하지 않았지요. 방금 복돌이에게 따오라니까 그 집 하인들이 야단한다고 안 가요."

항복이 잔뜩 화난 표정으로 말했다.

"글쎄 그렇단다. 그 집은 권 참의 댁이라 네 아버지보다 높다고 하인들도 우리 집보다 많고 하니까 그 집 하인들이 작년에도 살구 때문에 옥신각신 싸워서 복돌이가 얻어맞았단다. 그렇다고 점잖지 못하게 아버지께서 그런 말을 권 참의께 하실 수 있겠니. 그래서 그냥 내버려 두니까 아주 저희 것처럼 마구 따먹는구나."

"으흠, 어디 자기들 마음대로 되나보자. 내가 가만두지 않을 거야!"

항복이 씩씩거리며 방을 뛰쳐나갔다.

"항복아, 어쩌려고 그러냐?"

어머니가 밖을 내다보았으나 항복은 이미 대문 밖으로

뛰어나가 버렸다.

항복은 곧바로 권 참의 집 사랑으로 뛰어갔다. 그리고는 주먹으로 창호지문을 쿡 쥐어질러서 방 안에 손을 집어넣고 주먹을 쭉 폈다.

방안에는 마침 권 참의가 책을 보고 있는데 별안간 조그만 주먹이 쑥 들어왔다.

"게 누구냐?"

권 참의가 위엄 있는 목소리로 말했다.

"이 손이 누구 손이옵니까?"

권 참의의 묻는 말에 대답은 하지 않고 오히려 이항복이 물었다.

"허허, 그게 네 손이지 뉘 손이냐."

권 참의는 이 소리를 듣고는 늘 길에서 보던 옆집 아이인 것을 바로 알아차렸다.

"어째서 제 손이에요. 그 방 안에 있는데요."

"그래도 네 몸에 달린 손이니 네 손이지."

이 말을 듣고, 그제야 이항복이 손을 빼고 방 안으로 들어와 큰절을 하며 아뢰었다.

"대감님, 무례함을 용서해 주십시오. 옆집에 사는 이항복이옵니다. 여쭐 말씀이 있습니다."

"그래, 어디 말해보아라."

권 참의는 화가 나기는커녕 아이가 하는 짓에 즐거운 호기심이 발동했다.

"저희 집에서 넘어온 저 살구나무의 가지는 누구의 것입니까?"

"그야 당연히 너희 집 것이지."

권 참의는 그제야 소년이 자기 집에 온 까닭을 알아챘다. 버릇없이 장지문 안으로 팔을 들이민 이유를 알고는 내심으로 크게 감탄하며 다음에는 또 무슨 소리를 할는지 흥미가 점점 고조되었다.

'음, 요 녀석, 여간내기가 아니군.'

"그럼 한 말씀 더 여쭙겠습니다. 저 가지에 매달린 살구는 누구의 것입니까?"

"그 살구도 물론 너희 집 살구지."

"그렇다면 저희 집 살구를 저희가 따는데 어찌하여 대감님 하인들이 우리 살구를 못 따게 하는지요?"

권 참의는 조그만 어린애가 말을 야무지게 하는 것이 귀엽기도 하고 또 자기로서 무어라 선뜻 할 말이 생각나지도 않아 한동안 항복의 얼굴을 바라본 뒤 말했다.

"그것을 내가 어찌 알겠느냐. 하인들이 한 일을 내게다

말하면 어찌하느냐.”

권 참의가 빙그레 웃고 앉았다가 무어라 하는지 들어보려고 슬그머니 노기를 띤 척 말했다.

“그러면 그 하인들은 대감님 하인이 아닙니까요?”

또록또록한 눈으로 권 참의를 쳐다보던 항복이 또다시 물었다.

“왜 아니야. 내 집 하인들이지.”

“그럼 대감께서 손으로 그릇을 깨뜨리셨다면 대감께서 한 것이 아니라 하십니까?”

“그게 말이 되나. 내 손으로 깨뜨렸으면 내가 한 것이지.”

“그러면 하인들은 수족같이 일을 하는 것이니 손이나 발과 다름이 없는 것 아니겠습니까. 하인들이 한 일을 모르신다 하시면 손이 한 일을 모른다 하시는 것과 마찬가지 아니옵니까?”

“오냐, 네 생각이 옳다. 내가 미처 그 생각을 못 했구나. 그러면 저 살구를 다 따서 네게로 보내주마. 이제 되었느냐?”

권 참의는 이 말을 듣고 하도 어이가 없어서 껄껄 웃고 나서 말했다.

"아니옵니다. 그렇게 다 보내실 것이 아니오라 이 집에도 아이들이 있으니 반반씩 나누어서 보내주시면 고맙겠습니다. 그리고 작년에 우리 집 복돌이를 때려준 하인에게는 혼을 좀 내어주시기 바랍니다."

이렇게 또박또박 말하고는 권 참의께 큰절을 하고는 뛰어나갔다.

"허허, 고놈 참 신통한 놈이로군. 장래에 필시 큰일을 할 놈이야."

권 참의는 뛰어나가는 이항복의 뒷모습을 물끄러미 바라보며 혼자 말을 했다.

그러고는 바로 청지기를 불렀다.

"이편으로 처진 가지에 달린 살구를 따서 저 옆집 아기에게 갖다 주고, 작년에 딴 살구와 이번 살구는 반씩 나눈 것인데 작년에 딴 것은 이미 다 먹어버렸으니 그 대신 이번 것을 다 보낸다고 해라."

권 참의가 명을 내렸다.

권 참의 댁을 나온 항복은 의기양양 기분이 좋아서 동내 아이들에게 뛰어가서 놀기에 여념이 없었다.

어머니는 사정을 모르고 있는데 별안간 권 참의 댁 하인이 광주리로 한가득 담은 살구를 갖다 놓았다.

"이게 웬일이실까. 아니, 이것을 어째서 이렇게 보내실까. 응, 웬일이야?"

항복의 어머니가 어안이 벙벙하여 살구를 가져온 하인에게 물었다.

권 참의 댁 하인으로부터 항복이가 권 참의 댁에 가서 한 일을 듣고는 어머니는 웃음이 나오는 것을 억지로 참았다.

"원 이런 변이 어디 있어. 그 어린 것이 철없이 어른께 버릇없는 짓을 했으면 크게 꾸지람해서 보내실 게지, 어린 것이 이러고저러고 지껄인 말을 들으시고 이렇게 많은 살구를 보내시다니, 너무 황감하다고 전갈 말씀 전해주고, 이 살구는 도로 가져가서 그 댁의 아기들이나 먹게 하시라고 응. 그런데 얘는 대체 어디로 갔나? 어린 것이 방자스럽게 그게 무슨 짓이람."

어머니는 일부러 걱정스러운 표정으로 혀를 끌끌 차면서 말했다.

항복의 어머니가 방으로 들어가려고 돌아섰다.

"아닙니다, 마님. 이것은 받아두셨다가 아기씨가 들어오시거든 뵈십시오. 아기씨가 철이 없다는 게 무엇입니까. 어찌나 말을 잘하는지요. 어른도 어찌 그렇게 말을 잘하오리까."

안방으로 들어가려는 항복의 어머니를 향해 하인은 허리

를 굽실하며 빙글빙글 웃는 얼굴로 말했다.

　권 참의 댁 하인은 이렇게 말하고는 광주리째 놓아두고
는 얼른 달아나 버렸다. 항복은 저편에서 또래 아이들과
놀면서 일의 진행 과정을 보고는 집 안으로 들어와 계집
하인을 시켜서 살구 반을 도로 권 참의 댁에 돌려보냈다.
그리고 남은 살구는 같이 놀던 또래 아이들과 나누어 먹
었다.

　이항복의 이런 어린아이답지 않은 처신을 보고 권 참의
댁에서는 안팎으로 떠들썩하게 항복을 칭찬하였다.

　머리가 좋은 항복은 이렇게 어린 나이에도 글을 잘 짓고
말을 잘하며 생각이 깊은 아이로 자랐다.

3. 아버지를 잃은 슬픔

　말을 잘하고 시를 잘 짓던 항복의 공부에 대한 열정은 아홉 살로 끝이 났다. 아버지가 돌아가셨기 때문이었다. 아버지 이몽량의 나이는 쉰여섯이었다. 아버지로부터 칭찬받는 것이 좋았고, 또 아버지를 기쁘게 해드리기 위해서 즐겁게 공부했는데, 그 아버지가 돌아가시자, 항복은 그만 공부를 할 의욕이 사라져 버린 것이었다. 항복은 완전히 공부에 흥미를 잃고 마냥 밖으로 나돌기 시작했다. 천성이 호걸스럽고 성격이 활발한 항복은 씨름을 잘하고, 제기차기 공치기 등을 좋아했다.

　아버지의 죽음은 이항복에게는 너무나도 큰 충격이었다. 따라서 항복의 방황도 퍽 오래갔다. 위로 형들이 있는 막내가 겪을 수 있는 흔한 일로 생각할 수도 있지만, 황금보다도 더 귀한 7여 년을 방황으로 허송한 것은 실로 안타까운 일이었다. 아버지와의 사별 후 방황의 시간을 흘려보내고 항복의 나이도 벌써 열여섯이나 되었다. 남들은 관례1를 하고, 장가도 들고, 과거 공부에 여념이 없을 나이에도 그는 거리를 떠돌며 왈패 대장질을 하고 있었다.

항복은 마을 아이들과만 어울리는 것이 아니라 다른 동네에까지 가서 그쪽 아이들과 어울리는 경우도 많았다. 이날도 마을의 아이들은 물론 이웃 마을 아이들까지 끌어들여 씨름판을 벌여 심판을 보며 신나게 놀고 있었다.

이때였다. 어느 대관의 행차가 지나다가 이 모습을 보고 걸음을 멈추었다. 가마에서 내린 대관이 성큼성큼 씨름판을 헤치고 들어갔다. 그러고는 벼락같은 소리를 질렀다.

"네 이놈! 대체 이게 뭐 하는 짓이냐!"

대관은 눈을 부릅뜨고 항복의 목덜미를 잡았다.

호통을 치는 대관은 승지 박근원이었다. 박근원은 바로 항복의 고모부였다. 박 승지는 항복이가 공부는 일절 하지 않고 왈패질을 하고 있다는 것을 이미 알고 있었다. 그래서 항복의 어머니에게 할 말이 있어서 일부러 찾아가는 길이었다. 그러는 중에 지금 눈앞에서 항복이가 하고 있는 꼴을 보자 그만 화가 머리끝까지 치밀어 올랐다.

---

1 관례(冠禮): 아이가 어른이 될 때 올리던 예식. 남자는 갓을 쓰고, 여자는 쪽을 쪘음.

"네 이놈! 집안 망칠 놈 같은 놈! 돌아가신 너의 아버님을 생각한다면 네가 어찌 이럴 수가 있느냐! 하라는 공부는 아니 하고 장가를 들 나이가 지난 놈이 대체 이게 무슨 꼴이냐!"

박 승지는 항복의 목덜미를 틀어쥐고 무리에서 끌고 나왔다.

"이놈! 어서 집으로 돌아가지 못하겠느냐!"

항복은 아무 저항도 못 하고 끌려 나왔다. 박 승지의 서슬에 패거리의 아이들도 슬금슬금 흩어졌다. 항복이 풀죽은 모습으로 터덜터덜 집으로 돌아갔다.

"이몽량 집안이 어떻게 이렇게 망할 수가 있습니까? 항복이 나이가 벌써 열여섯 아닙니까. 남들은 진사 급제다. 뭐 다 하는데 항복이가 저러고 있으니 참으로 한심스럽습니다. 제발 좀 확실하게 다잡아 가르치세요."

벌써 박 승지가 집에 와서 항복의 어머니에게 큰 소리로 항의하고 있었다.

"……."

어머니는 아무 말도 할 수 없었다.

박 승지가 돌아가자 어머니는 항복을 무릎 꿇어앉혔다. 항복에게 언제나 자애로우시던 어머니가 생애에 처음으로 항복의 무릎을 꿇게 한 것이다.

어머니는 한동안 말이 없이 눈물만 흘렸다. 긴 침묵 끝에 어머니가 입을 열었다.

"항복아, 오늘따라 네가 어려서 거문고와 칼을 두고 지은 시를 보시고 아버님께서 좋아하시던 생각이 나는구나. 네가 여덟 살 때였다."

"······."

항복은 아무 말도 하지 못했다.

"고모부께서 왜 다녀가셨는지 너도 짐작할 수 있을 것이다. 그분이 오죽했으면 우리 집에 오셔서 그런 말씀을 하셨는지 너는 알 것이다. 고모부만이 아니다. 동네 사람들은 또 뭐라는지 아느냐? 남들은 내가 과부가 되어서 자식을 올바로 가르치지 못하고 호래자식으로 길렀다고 손가락질하고 욕을 하고 있단다. 기가 막히는 일이다. 이씨 집안을 이렇게 결판나게 할 수 있느냐. 너의 고모부 말씀처럼 올해네 나이가 열여섯 아니냐. 어찌 하라는 공부는 통하지 않고 밤낮 놀기만 하느냐. 왜 불쌍한 과부, 네 어미를 이렇게도 욕보이는 거냐······."

어머니는 눈물을 흘리며 한동안 말을 잇지 못하다가 긴 한숨을 내쉬고 다시 말했다.

"그 영민한 재질과 좋은 머리를 가지고 왜 공부를 하지 않느냐 말이다. 네가 여덟 살 되던 해에 너의 아버님 앞에서 거문고와 칼에 대해 글 짓던 생각을 왜 못하느냐. 그때 너의 아버지께서 너의 글을 보시고 네가 집안을 흥하게 할 자식이라고 얼마나 기뻐하신 줄 아느냐. 네가 마음을 다잡고 공부하는 모습을 본다면, 나는 죽어도 한이 없겠다. 항복아, 왠지 내가 이제는 죽을 것 같구나. 잔약한 내 몸이 너의 아버지보다 먼저 죽었어야 할 것을 팔자가 기구해서 여태까지 살아왔지만, 요새는 온몸이 안 아픈 데가 없구나. 아무래도 머지않아 너의 아버지를 따라 죽음의 길로 떠날 것만 같구나. 나는 아무런 다른 여한이 없다마는 너를 장가 들여 성취2시키지 못하고 가는 것이 커다란 한이고, 내가 이 꼴이 되어서 영영 이씨 집안을 망치게 될 것 같아 내가 죽어도 눈을 감을 수 없는 것이 또 한 가지 한이다. 저세상에 가서 내가 무슨 낯으로 너의 아버님을 뵙겠느냐."

---

2 성취(成娶): 장가들어 아내를 맞이함.

말을 마친 어머니가 파리하고 야윈 얼굴에 쉼 없이 눈물을 흘렸다.

"어머니!"

항복이 어머니를 끌어안고 참았던 울음을 터뜨렸다.

모자는 어깨를 들먹이며 흐느껴 울었다.

"사내자식은 아무 때나 함부로 우는 것이 아니다. 이제 나가 보아라."

어머니는 항복의 얼굴에 흐르는 눈물을 손으로 닦아주었다. 그리고 자신의 눈물도 닦으며 아들의 등을 밀어 밖으로 내보냈다. 아들을 내보낸 어머니는 방 안에 엎어져 소리 없이 울었다.

이때 항복은 주먹으로 눈물을 훔치며 굳은 결심을 했다.

'어머니! 다시는 어머니 마음을 아프게 하지 않겠습니다. 이제부터 마음잡고 열심히 공부하여 꼭 어머니를 기쁘게 해드리겠습니다.'

항복은 이때부터 찾아오는 왈패들도 만나지 않았고 오로지 공부에만 몰두했다. 하루 빨라 급제하여, 무엇보다도 어머니를 행복하게 해드리겠다고 마음속으로 굳게굳게 다짐했다.

그러나 국화 향기가 풍기고 단풍이 붉게 물드는 그해 가을 9월에 어머니는 돌아가셨다.

어머니의 나이 쉰 살. 열여섯에 스물세 살이나 많은 남편에게 시집와서 스물일곱 해를 함께 살다가 남편을 먼저 보내고 다시 일곱 해를 더 살다 남편 곁으로 간 삶이었다.

마음을 다잡고 열심히 공부하는 항복에게 어머니는 숨을 거두기 얼마 전에 이렇게 말했다.

"네가 이렇게 공부에 매진하는 것을 보니 마음이 놓인다. 이제 이 어미는 편히 눈을 감을 수 있을 것 같다. 부디 정진해서 반드시 나라에 큰 인물이 되어라. 그것이 내 간절한 소망이자 네 아버지의 뜻이기도 하니라."

어머니가 세상을 떠나자 항복은 하늘이 무너지는 충격을 받았다. 아버지가 세상을 떠난 뒤에는 그래도 자애로운 어머니의 사랑이 있었기에 버틸 수 있었으나 이제 어머니마저 세상을 떠나시니 어디에도 마음 붙일 곳이 없었다.

슬픔에 잠긴 항복은 어머니와 한 약속을 떠올렸다.

'부디 정진하고 정진하여 나라에 큰 기둥이 되어라. 그것이 내 간절한 소망이자 네 아버지의 뜻이기도 하니라.'

'예, 어머니. 소자 어머니의 기대에 어긋나지 않는 아들이 되겠습니다. 그래, 공부다. 이제부터는 어머니의 말씀을 깊이 새겨서 글공부에 전력을 다하자. 내가 슬픔에 빠져서 정신을 못 차리고 계속 방황하고 있다면 어머니께서 얼마나 실망하시겠느냐. 이제 굳은 마음으로 공부에 매진하자.'

이렇게 굳게 마음을 다지고 항복은 큰형님 댁에 기거하면서 오직 공부에만 매진했다.

4. 결혼

어머니의 3년 상이 끝나자 집안에서 이항복의 혼인에 대한 말이 오갔다. 대상이 된 신부는 네 살 아래로, 뒷날 임진 왜란 당시 행주대첩으로 명성을 떨치게 되는 권율의 무남 독녀 외동딸이었다. 이 무렵, 권율의 부친 권철은 좌의정 등을 거쳐 영의정에 올라 있었다.

하루는 이항복의 형님 댁에 중매쟁이가 찾아왔다. 살구 나무 사건 때와는 달리, 이항복은 지금 형님 댁에 살고 있 었다.

"이 댁에 좋은 신랑감이 있다지요?"

중매쟁이 여자는 집에 들어서면서 우선 이렇게 말을 걸 며, 권 대감댁에 좋은 규수가 있는데, 권 대감의 손녀이며, 인물이 아름답고, 식견이 높으며, 또한 후덕한 성품을 가진 훌륭한 규수이니 이 댁 도령님의 천생배필로 아주 좋을 것 이라고, 수다를 피웠다.

이항복의 형수는 중매쟁이의 말을 신중하게 듣고 있다가 정중하게 부탁했다.

"그렇게 좋은 규수라면 참으로 탐이 나는 군요. 그러면 수고스럽겠지만 혼사가 이룩되도록 잘 좀 힘써 주세요."

그러자 중매쟁이는 신바람이 났다.

"암요, 암요, 내가 어떤 일이 있어도 꼭 성사시키고 말겠 어요."

중매쟁이가 자신 있게 대답했다. 중매쟁이는 시원하게 말했으나, 이항복의 형수는 내심으로 걱정이 되었다. 왜냐하면 상대편 집안에 비해, 이쪽이 비록 양반 가문에 아버님이 벼슬을 하시긴 했으나 상대는 영의정의 손녀이니 이쪽이 기울어진다고 생각했기 때문이다.

벼슬의 높고 낮음은 물론이고 집안의 가세도 차이가 많다는 생각에 이항복의 형수는 자신이 없었다.

시아버님 이몽량은 우참찬으로 정2품의 벼슬을 한 어른이지만 워낙 청렴하고 남을 돕기를 좋아해서 형과 누이 친척들의 뒷바라지를 도맡고 수많은 조카들의 시집 장가도 모두 챙겨주느라 정작 자기 자식들에게는 물려준 것이 별로 없었다.

이런 여건으로 이항복의 형수는 혼사가 성사되기를 바라기는 했지만 큰 기대는 하지 못하고 있었다. 그런데 얼마 후 그쪽에서 좋다는 반응이 있어 혼인이 결정되고 사성[1]이오가고 혼인 날짜까지 정해졌다.

당시의 풍습으로는 서로 맞선을 보는 일 없이 상대방의 가문을 보고, 중매쟁이의 말을 믿고 혼인을 결정했다.

이러한 풍습 때문에 이항복도 물론 맞선을 볼 수 없었다. 항복은 권 규수가 어떤 사람인지 무척이나 궁금했다. 마냥 대책 없이 그냥 있을 이항복이 아니었다.

'무슨 좋은 수가 없나?'하고 궁리하던 이항복이 좋은 생각을 해냈다. 역시 머리 좋은 이항복이었다.

실행력이 뛰어난 이항복은 마을의 어린이들을 불러 모아 자신이 생각해 낸 작전을 펼쳐나갔다. 이항복은 마을 어린 아이들에게 권 대감 댁 넓은 후원에 들어가서 숨바꼭질 작전을 펼쳤다. 그 가운데서도 똑똑한 아이들을 시켜 권 규수를 밖으로 꼬여내도록 일을 꾸몄다.

이항복의 말을 들은 아이들은 자신들이 지시받은 일이 어떤 목적을 위한 것인지도 모르면서 이항복이 시킨 데로 권 대감 후원 뜰에 여럿이 들어가서 부산을 피웠다. 이리저리 마구 뛰어다니며 고함을 치고 기성을 지르기도 했다.

---

1 사성(四星): 생년, 생월, 생일, 생시. 사주단자의 봉투에 쓰는 말. 사주(四柱).

밖이 하도 소란스러워 권 규수는 문을 열고 밖으로 나왔다. 그렇지 않아도 글을 읽다가 머리도 식힐 겸해서 후원 연못가로 나가 바람을 좀 쐴 생각이었는데 시끄러운 소리가 나서 글이 통 머릿속에 들어오지 않았기 때문이었다.

권 규수가 방문을 나서자 키가 작고 몸집이 조그마한 아이가 권 규수의 뒤로 살금살금 따라가서 권 규수의 치마폭을 잡고 숨기도 하고, 끌기도 하면서 장난을 쳤다.

"얘가 왜 이래, 이럼 못써요."

권 규수는 짓궂은 장난을 치는 아이를 침착하게 내려 보면서 타일렀다.

하지만 못 들은 척 아이의 장난은 점점 더 심해졌다.

"웬 장난들이 이렇게 심해요! 어서 밖에 나가 놀지 못해요!"

권 규수의 언성이 약간 높아졌다.

그래도 역시 아이들의 장난은 잦아지지 않았다. 뿐만 아니라 개중에 한 아이가 느닷없이 권 규수의 한쪽 신발을 벗겨 달아나는 것이 아닌가.

권 규수는 깜짝 놀랐다.

"아니 저 애가……."

권 규수는 그 아이의 뒤를 쫓았다.

"이리 내놔! 안 내놔! 혼낼 테야!"

"용용 죽겠지, 여기까지 오면 주지."

신발을 빼앗은 녀석은 슬금슬금 뒤돌아보며 뒷문으로 달아났다. 권 규수는 화가 잔뜩 나서 뒷문 쪽으로 달려 따라갔다.

아이는 잡힐 듯 잡힐 듯하면서도 좀처럼 잡히지 않는다. 마침내 권 규수는 뒷문 밖 골목 어귀까지 나오게 되었다.

바로 그때였다. 이항복이 밖에서 숨어 있다가 달아나는 아이의 손에서 신발을 뺏었다.

"이놈들! 웬 장난이 이리도 심하냐! 썩 물러가거라!"

이항복이 소리쳤다.

"아이들 장난이 너무 지나쳤나 봅니다. 아직 어린아이들이니 과히 꾸짖지 마십시오."

이항복이 뺏은 신발을 권 규수에게 공손히 건네주며 말했다.

권 규수는 갑자기 마주친 외간 남자라 어쩔 바를 모르고 얼굴을 붉혔다. 그리고 다소곳이 고개를 숙였다.

이항복은 이 짧은 순간에도 재빨리 권 규수의 아래위를 찬찬히 훑어보았다.

'음, 과연 듣던 대로군, 이만하면 내 색싯감으로 훌륭해.'

이항복은 중얼거리며 집으로 돌아왔다. 그리고 농담 반 진담 반으로 형수에게 그 이야기를 했다.

"참, 도련님도 그런 짓궂은 장난이 어디 있어요."

형수가 나무랐다.

형수는 속으로는 우습기도 하고, 그런 도련님이 믿음직스러워 반은 자랑삼아 가까운 사람들에게 이 일을 말하고 말았다. 소문은 점점 퍼져서 온 동네가 알게 되었다.

"아니, 글쎄, 이 판서 댁 도령이 권 대감댁 규수를 몰래 훔쳐보았다지 뭐야."

이 소문은 점점 더 퍼져서 마침내 권철 대감댁에까지 알게 되고 말았다. 그쪽에서 난리가 난 것은 당연했다.

"아니, 이런 괘씸한 일이 어디 있단 말인가?"

"이건 사대부 집안에서는 절대로 용납될 수 없는 일입니다."

"옳습니다. 이건 우리 집안 규수를 농락한 것이니 그냥 넘어갈 수 없는 일입니다."

"맞는 말입니다. 우리가 그런 놈을 받아들여 혼인할 수는 없습니다."

권씨 일가 모두가 분개하였다.

하지만 유독 한 사람 집안의 가장 큰 어른이신 영의정 권철 대감만은 달랐다.

"됐어, 됐어, 좋아, 아주 좋아."

권철은 빙그레 웃으면서 좌중을 달랬다.

"됐다니? 뭐가 됐다는 말씀입니까?"

"아저씨, 절대로 아니 됩니다."

"형님, 그 일은 가문의 수치인데 좋다니 뭐가 좋다는 것입니까?"

여기저기서 권 대감을 향해 반박을 하고 나섰다.

"그게 무슨 소리들인가? 그래 나이 찬 총각이 제 아내 될 사람의 얼굴 한 번 본 것이 어찌 큰 잘못이란 말인가? 아니, 오히려 남들은 감히 할 수 없는 일을 해내는 걸 보면 필시 범인의 경지를 넘어섰으니 장차 큰 인물이 될 것이야. 오래전에 살구 때문에 항복이가 우리 집에 와서 하는 모양을 보고 큰 인물이 될 것을 내 이미 짐작했느니라. 하니 시끄러운 말들이 밖으로 흘러 나가지 않게 입조심하고 이번 혼사에 흠이 생기지 않게 일들을 여물게 처리하도록 해라."

권 대감은 미소를 머금은 채 말했다. 이처럼 영의정 권철 대감은 역시 범인이 아니었다.

이런 곡절 끝에 권 규수는 혼례를 마치고 시집을 왔다.

이제는 규수가 아니라 어엿한 부인이었다. 부인 역시 범상치가 않았다.

"제가 알기로는 여자란 집안에서 살림을 잘 돌보아, 가장으로 하여금 아무런 뒷걱정 없이 글공부에 전념토록 하여 가장의 훌륭한 인물됨에 심신을 다하는 것으로 아옵니다. 바라옵건대 서방님께서도 집안 걱정을 잊으시고 오로지 학문에 전심전력하시고 나라의 장래와 민생의 안위를 걱정하심이 도리인가 하옵니다."

하루는 아내가 이렇게 조용히 말했다.

아내의 말이 아니더라도, 이제는 가장으로써 한 가정을 돌보는 것은 물론이고 큰 뜻을 품고 나라 걱정을 해야겠다고 생각한 이항복은 부인의 조리 정연한 격려의 말에 가슴 깊이 찬동하였다.

"잘 알았소. 임자의 말이 천만 도리에 합당하니, 내 이제 마음 놓고 오로지 학문에만 전념할까 하오. 이 길이 본디 평탄한 것만도 아니니, 도중에 설사 어떤 어려움이 있더라도 그대가 잘 돌봐 주오."

이항복이 아내의 손을 굳게 잡아주며 말했다.

5. 벼슬길에 오르다

　세월이 흘렀다. 어느덧 이항복에게 아들이 태어났다. 부인의 태몽에 치마폭에 커다란 별을 싸는 꿈을 꾸었다. 그래서 아기의 이름을 성남이라 지었다.

　또한 이해(1580년)에 이항복이 26세의 나이로 드디어 알성시에 급제하였다. 알성시 때는 왕이 친히 참석하는 시험으로 당일에 합격자를 발표한다. 이때 이덕형과 이정립도 함께 급제하게 되었는데, 세 사람 모두가 제주와 학문이 뛰어나기에 사람들이 이들을 경진삼이(庚辰三李)라 불렀다. 이해가 경진년이고 세 사람 모두 이씨였기 때문이었다. 후일 이들은 모두 변함없이 돈독한 우의를 지켰고 나라에서 중요한 역할을 하게 된다. 이항복의 첫 벼슬은 승문원 부정자였다. 종9품의 벼슬이다. 다음 해에는 정9품인 예문관 검열이 된다.

　이덕형은 이항복보다 나이가 다섯 살 아래지만 둘의 친분은 좀 별나다 할 정도로 가까웠다. 한번은 이런 일도 있었다.

어느 날 이항복이 궁에서 숙직을 하고 있을 때의 일이었다. 선조가 숙직 방에 들어왔다. 이날 선조임금은 젊은 신하들과 격의 없이 한담을 나누면서 재미있게 한때를 보내고 싶었기 때문이었다.

이항복은 어릴 적부터 말주변이 좋기로 소문이 난 사람이다. 선조가 묻는 말에 이런저런 이야기로 선조를 즐겁게 해드렸다.

"경이 젊은 사람이기에 묻는 것인데, 경이 보기에 젊은 신하 중에 누가 제일 지혜가 있다고 생각하는가?"

가볍게 이야기를 나누는 부드러운 분위기에서 이항복에게 선조가 물었다.

"예, 소신이 알기로는 이덕형이 제일 지혜가 많다고 생각합니다."

이항복이 서슴없이 답했다.

"음, 이덕형이라, 그것은 무엇 때문인고? 그 증거를 댈 수 있겠는가?"

"예, 신이 말씀 올리기보다는 상감께옵서 직접 시험해 보심이 더욱 좋을까 생각하옵니다."

"그래? 어떻게 시험을 하지?"

선조는 상체를 이항복 앞으로 내밀면서 되물었다.

"아뢰옵기 황송하오나 전하의 귀를 잠시 빌려주신다면
……."

"음, 좋아, 지금은 어디까지나 사사로운 자리니 어려워
말고 이리 가까이 오너라."

이항복은 임금 가까이 가서 선조의 허락을 받고 선조의
귀에다 무언가를 속삭였다.

선조는 일굴 가득 미소를 띠고 연신 고개를 끄덕였다. 주
위에 있는 신하들은 대체 무슨 일을 꾸미는 것인가 하고 궁
금해 조바심이 났다.

"지금 아뢴 바와 같이 덕형에게 분부를 내리십시오. 그러
면 그가 어떻게 하느냐에 따라 그의 인물을 시험하실 수 있
으실 것이옵니다."

"음, 그래 알겠다."

선조는 곧 신하를 시켜 이덕형을 불러오게 하였다. 이덕
형은 집에 있다가 갑작스러운 임금의 부르심을 받고 헐레
벌떡 궁중으로 달려왔다.

'무엇 때문에 이 밤중에 상감께서 부르셨을까?'

지은 죄는 없지만 걸음이 후들후들 떨렸다.

"상감께서는 어디 계십니까?"

캄캄한 궁궐의 넓은 뜰을 지나면서 이덕형이 내시에게

물었다.

"지금 숙직 방에 계시옵니다."

"숙직 방? 그런데 무엇 때문에 저를 부르셨는지, 혹시 무슨 변고라도?"

답답하고 궁금해서 우선 내시에게 물어보았다.

"모릅니다. 다만 급히 불러오라는 분부만 계셨기 때문에……."

하고 내시는 전혀 모른다는 눈치로 짧게 대답할 뿐이었다.

이덕형이 이윽고 숙직 방에 다다랐다. 상석에 상감마마를 모시고 신하들이 있는 중에 이항복의 모습도 보였다.

"신 이덕형, 부르심을 받잡고 대령하였사옵니다."

이덕형은 꿇어 엎드리며 아뢰었다.

"오, 들어왔는가? 그런데 과인이 가져오라는 물건은 가져왔겠지?"

'……예?'

이덕형은 되묻고 싶었으나 선조에게 감히 반문할 수는 없는 법이었다. 고개를 살며시 들어서 심부름 왔던 내시를 힐끗 보았다. 내시는 못 본척하고 딴전을 피우고 있다.

이덕형의 등에서 식은땀이 흘렀다. 자칫 잘못하다가는

무슨 불호령을 맞을지 모를 일이었다. 어느덧 이덕형의 얼굴은 흙빛이 되고 있었다.

그런데 선조는 그 이상 이덕형에게 추궁을 하지 않고 미소를 띠면서 좌중의 신하들을 향해서 명했다.

"그럼, 이항복부터 과인이 분부한 물건을 내놓도록 하라!"

"예."

이항복은 무릎걸음으로 선조에게 다가가더니 도포 소매 속에서 하얀 달걀 세 개를 꺼내어 정중하게 선조께 바치는 것이었다.

"그다음."

그러자 또 다른 숙직자가 이항복과 똑같이 공손한 태도로 달걀 세 개를 꺼내어 바쳤다.

'옳지, 가져오라고 분부하신 물건이 달걀이었구나.'

이덕형이 그제야 깨달았지만 또 고개를 갸우뚱할 수밖에 없었다.

'이상하다? 상감께서 잡수실 달걀이 없어서 신하들을 불러 달걀을 가져오게 하실 까닭이 없지 않는가?'

그렇게 생각하고 있는 동안에도 숙직 신하들은 연신 차례차례 선조에게 달걀 세 개씩을 바치고 있었다. 선조는 그 달걀을 받아 옆에 놓인 바구니에 담았다.

마침내 방 안에 있던 모든 신하들이 다 달걀을 바쳤다. 이제 이덕형 한 사람만 남았다.

"덕형도 가져온 것을 내놓아라!"

선조의 목소리가 조금 크게 들렸다.

"예."

이덕형이 반사적으로 선조 앞으로 나아갔다. 그러나 달걀은커녕 갖고 온 것이라곤 아무것도 없다. 그야말로 큰일이다.

"어서 내놓으렷다!"

선조가 독촉했다.

이항복을 비롯한 모든 신하들이 웃음을 참느라고 잔뜩 찌푸린 얼굴이 되었으나, 이덕형은 그것을 살필 정신의 여유도 없다.

이때였다. 이덕형의 머릿속에 번개처럼 한 가지 계책이 떠올랐다.

이덕형이 느닷없이 도포 자락을 넓게 펴들더니,

"꼬꼬댁, 꼬꼬댁……."

이덕형은 알을 낳는 암탉의 흉내를 내었다.

'음, 과연.'

선조는 물론, 모든 숙직 신하들이 눈이 휘둥그레져 입을 딱 벌렸다.

"핫하하……."

드디어 선조가 웃음을 터뜨렸다.

하지만 장본인인 이덕형은 눈 하나 깜짝 않고 태연히 앉아 있었다.

이윽고 선조가 웃음을 거두고 마음속으로 생각했다.

'가져오지도 않은 달걀을 내놓으라고 하였더니 암탉 흉내를 내고 위기를 모면하는구나. 과연 놀라운 꾀로다.'

이렇게 생각되자 무릎을 치며 이덕형을 칭찬해 주고 싶었으나 좀 더 시험해 보리라 생각하고 선조가 이덕형을 불렀다.

"덕형!"

"예, 상감마마."

"경은 평소에 과인의 앞에서 실수를 한 적이 없었거늘, 어찌하여 입에서 괴성을 발하는고?"

"예, 그건, 상감마마께옵서 방금 들으신 것은 암탉의 울음소리 옵니다."

"음, 그래, 암탉의 울음소리라? 그것은 왜? 그리고 달걀은 가져왔겠지?"

"예, 아뢰옵기 황송하오나 높으신 상감마마께 올릴 달걀이라 달걀보다는 달걀의 어미가 더 좋을 듯 하와 달걀의 어미를 가져온 것이옵니다."

조금의 거침도 없이 천연덕스럽게 대답하는 덕형을 보고 선조는 그가 더욱 믿음직스러웠다.

"그렇다면 경이 암탉이란 말인가?"

또다시 더 시험해 보기 위해서 선조가 짐짓 엄한 목소리로 물었다.

"예."

"허허, 큰일이로군, 큰일. 과인이 오늘날까지 내가 경을 신하로 삼고 있는 것은 오직 인간이었기 때문이었는데, 오늘 보니 인간이 아니라 한낱 암탉에 불과하니 어찌 신하의 소임을 다 할 수 있겠는가?"

"상감마마."

그 말씀을 듣고 난 덕형은 당황하는 기색도 없이 낭랑한 목소리로 아뢰었다.

"상감마마께옵서는 너무 염려 마시옵소서."

"그건 또 무슨 소리인고?"

"소신이 알기로는 신하 된 자는 모름지기 임금을 위해서 목숨을 바쳐야 하는 것으로 알고 있사옵니다. 상감마마께서 모처럼 달걀을 잡수시려고 신하들에게 바치도록 명하셨는데, 신인들 어찌 가만히 있을 수가 있겠사옵니까? 소신은 달걀과 더불어 가마솥에 들어가 삶아지는 한이 있더라도 조금도 사양치 않겠사옵니다."

"오, 과연 경은 충성스러운 신하로다. 내 한음 같은 신하를 두었으니 어찌 기쁘지 않겠는가."

선조는 무릎을 치며 기뻐하면서 명하였다.

"어서 이 달걀을 가져다 삶아라. 내 오늘 밤 좋은 신하들과 자리를 같이하게 되었으니, 이 계란을 먹으며 유쾌히 담소하리라."

얼굴 가득 미소를 머금고 선조가 내시에게 명했다.

임금을 둘러싼 이날의 자리는 새벽녘 가까이 되어서야 끝이 났다. 선조는 못내 아쉬워 다음과 같이 말하면서 무척 기뻐하였다,

"과인이 경들 같은 신하를 가지게 되었으니, 내 과히 나라 걱정하지 않아도 좋을 듯하오."

이런 일이 있고 난 뒤로 선조는 이항복과 이덕형을 더욱더 아끼게 된 것은 당연했다.

6. 빈틈없는 일 처리와 빠른 승진

이항복과 이덕형은 재주와 덕이 있고 빈틈없는 일 처리로 선조의 총애를 받았다.

"그들은 장차 크게 될 인물이다."

선조는 이항복과 이덕형의 이름을 거론하며 큰 기대감을 내보였다.

하지만 이 당시 이 두 신하는 아직 젊고 직책도 그리 높지 못한 자리였다. 나라 안의 사정은 차츰 동인이니, 서인이니 하고 파벌 싸움이 점점 심해지고 있었다.

나라의 이런 여건에서 이항복은 1581년(선조 14년)에 예문관의 검열이 되었다가 2년 뒤에는 홍문관의 정자가 되었다. 정9품의 벼슬이었다. 이러한 벼슬들은 모두 학문과 깊은 관계가 있는 직책으로, 장차 이항복을 크게 등용하고자 하는 선조의 깊은 뜻이 있었기 때문이었다. 선조의 이런 마음을 읽었음인지 이항복도 더욱 학문에 정진하였다.

이항복이 관직에 오른 후에 본격적으로 명성을 떨치기 시작한 것은 정여립의 모반사건을 처리하면서부터였다.

정여립은 전주 출생으로, 본관은 동래이고 정희증의 아들이었다. 문과에 급제하여 서인인 율곡 이이와 성혼의 문하에 출입하며 명망을 얻었다. 그러다가 1584년(선조 17년)에 이이가 죽자 서인의 세력이 약해지고 동인의 세력이 우세해지자 이번에는 동인 편에 가담하여 이제는 시인을 비난하면서 동인의 힘으로 수찬까지 올랐다. 그러나 이러한 처신이 선조의 눈에 거슬림을 받게 되었다. 그리하여 더 이상 중용이 되지 않자 고향인 전주로 내려갔다.

고향 전주로 돌아온 정여립은 많은 선비들과 접촉하면서 인근에서 그의 이름이 날로 높아졌다. 이에 정여립이 반란을 일으켜 정권을 잡겠다는 야심까지 품고 대동계를 조직하여 신분 제한 없이 선비, 불평객 등을 모아 무술 훈련을 시켰다. 1587년(선조 20년)에 전주 부윤 남언경의 요청으로 근처에서 일어난 왜구의 노략질을 방어해 준 일이 있은 것을 기회로 대동계의 조직을 더욱 확대하여 해주의 지함두, 운봉의 중 의연, 안악의 변승복 등 동지와 정감록 등의 비기를 퍼뜨려, 이씨(李氏)가 망하고 정씨(鄭氏)가 흥한다고 민심을 선동하였다. 이 소문이 차차 퍼져나가자, 거사를 앞당기기로 하여 1589년(선조 22년)에 신립과 병조판서를 먼저 살해하여 병권을 잡는다는 계획을 모의했다. 이때 안악 군수 이축이 이 사실을 듣고 조정에 고변1하여 관련자들이 잡히고, 정여립은 진안 죽도에서 피신해 있다가 관군이 포위하자 자살하게 된다. 이 사건으로 동인에 대한 대대적인 박해가 시작되어 기축옥사2가 일어났다. 이 사건의 영향으로 오늘의 평안북도인 서북과, 전라도인 호남을 반역향3이라 하며 등용을 제한하기도 했다. 이때 이항복은 예조정랑으로서 추국청 문사랑관의 임무를 맡았다. 그 임무는 죄인을 심문할 때 취조 문서를 작성하고 읽어주는 일을 하는 직책이었다. 선조가 친국4을 할 때, 이항복의 응대함이 민첩하면서 한마디도 빠뜨리지 않고 써 내려가는 것이 어찌나 빠르던지 사람들이 모두 탄복했다.

---

1 고변(告變): 역모를 고발함.

2 기축옥사(己丑獄事): 1589년(己丑年) 10월에 정여립이 역모를 꾀하였다 하여, 3년여에 걸쳐 그와 관련된 1,000여 명의 동인계(東人系)가 피해를 본 사건이다.

3 반역향(叛逆鄕): 역적이 왕을 배반하여 반란을 일으킨 지역. 반역의 처벌로 읍호(邑號)를 강등하고 수령을 파직하였으며, 다른 지역과 차별 대우를 하여 관리 등용과 승진 따위에도 제한을 두었다.

4 친국(親鞠 · 親鞫): 임금이 중죄인을 친히 신문하던 일.

선조는 이항복의 이런 일 처리 능력을 매우 높이 사서 이후 중죄인을 심리할 때마다 이항복에게 기록을 담당하게 했다. 그때마다 이항복은 억울한 죄인이 생기지 않게 내용을 잘 살펴서 죄수를 살리는 의견을 냈으므로 이를 지켜본 사람들로부터 많은 칭송을 받았다.

선조는 이항복의 능력을 높이 보고 그를 아꼈다.

"이항복이 힘써 부지런히 일한 공적이 가장 현저한데 아직 직급이 낮다. 이제 당연히 공적을 논하여 격에는 미흡된다 할지라도 당상5에 올려주려고 하는데 그와 같은 예가 있었던가?"

선조가 물었다.

"선례가 없었습니다."

신하들이 아뢰었다.

그해 겨울에 선조의 특별 지시로 이항복은 홍문관 직제학이 되고 얼마 후 통정대부 승정원 동부승지에 승진하고 계속해서 승승장구 승진하여 36세에는 호조참의6가 되었

---

5 당상(堂上): 정3품 이상의 벼슬.
6 호조참의(戶曹參議): 조선시대에, 호조에 속한 정삼품 벼슬. 참판과 함께 판서를 보좌하였다.

다. 그는 호조참의로 재직 중에 예산을 알뜰히 관리하여 불필요한 예산은 과감하게 절감했다. 그가 이 직책을 맡은 지 한 달여가 지나자 나라의 창고가 충만하여졌다. 그 공로로 그는 3등 공신이 되었다. 이처럼 일 처리가 매우 훌륭하여 이항복은 선조의 절대적인 신임을 받게 되었다.

7. 임진왜란

1590년(선조 23년)에 선조는 일본에 통신정사 황윤길, 부사 김성일, 그리고 서장관 허성을 보냈다. 왕명을 받들어서 일본을 갔다 온 세 사람이 보고는 이러했다.

"풍신수길[1]은 눈에 광채가 있으니 담력과 지력을 겸비한 사람 같사옵니다. 왜적은 반드시 침범할 것이오니 대비책을 마련하심이 옳을 듯하옵니다."

동인 황윤길이 보고였다.

"일본에서 그런 정황을 보지 못했으니 걱정할 일이 아니라 사료됩니다. 정사께서 과장되게 아뢰어 민심을 동요시키는 것은 잘못인 듯하옵니다. 풍신수길은 눈이 쥐 같으니 두려울 게 없사옵니다."

서인 김성일의 보고는 사뭇 달랐다.

---

1 풍신수길(豊臣秀吉): 도요토미 히데요시. 일본 센고쿠 시대 최후의 최고 권력자.

"정사의 말씀이 옳은 듯하옵니다. 분위기가 범상치 않았습니다."

서장관 허성의 보고는 정사 황윤길과 같은 의견이었다.

이렇게 되자 조정에서는 어느 말을 믿어야 할지 의견이 갈렸다. 서인들이 황윤길 말이 옳으니 전쟁에 대한 준비를 서두르자 하였으나, 동인들은 그럴 필요가 없다고 하였다.

이렇게 어전회의에서 말다툼이 끝날 줄 몰랐다. 대세 판단에 어두운 선조는 처음에 황윤길의 말을 믿어 왜군이 내습할 것을 가상하고 수군과 육군을 일으키기로 결심하였으나, 다시 동인들의 말에 기울어져 수륙 군비를 아니 하기로 결정하였다. 허성은 김성일과 같은 동인이지만 김성일과는 달리 왜군이 침략할 우려가 있다 한 것이다. 그렇다면 서인인 황윤길과 동인인 허성이 같은 의견을 보고한 왜군의 침략 가능성에 비중을 두고 그에 대비했어야 옳은 일일 것이다. 그런데도 김성일은 심부름을 잘하였다 하여 상을 받고, 황윤길은 공연히 조정을 놀라게 하였다 하여 선조에게 크게 꾸지람을 받았다. 황윤길은 귀국 길에 대마도주 종의지로부터 처음으로 조총 2점을 선물 받아 왔다. 조정에서는 그것을 실제로 사용할 뜻을 갖기도 전인 2년 후에 그만 임진왜란이 일어나고 말았다.

순천 부사 심유성은 신립에게 이순신의 거북선에 대한 내용과, 또 이순신이 거북선 20척을 건조할 계획을 세웠다는 내용을 보고하였다. 신립은 이 보고를 받아 몇몇 서인 선배들의 의향을 들은 후에 이순신으로 하여금 공을 이루게 함은 이순신을 미는 동인 류성룡 일파의 세력이 커질 것으로 판단하여 이순신의 수군 확장, 특히 성공이 미지수인 거북선 건조를 금지시킬 것을 선조에게 진언하기로 하였다.

신립이 선조에게 계사2를 올렸다. 신립은 계사에서 '청컨대 육군에만 힘을 쓰게 하소서'라고 썼다. 선조는 놀라지 않을 수 없었다. 그도 그럴 것이, 때마침 선조는 이순신의 장계를 받아 거북선의 그림과 아울러 그 시험 성적을 보고 혼자 기뻐하던 때인 까닭이었다. 왜적이 바다로 오는데 왜 수군을 폐하라고 하는가 하고 의심하지 않을 수 없었다.

신립과 그 파당들이 수군을 폐하자는 논리는 이러하였다.

---

2 계사(啓事): 임금께 올리는 글.

쓸데없이 수군을 확장해서 일본뿐 아니라 명나라에까지도 의심받을 필요가 없다는 것이 하나요, 두 번째 이유는 설사 왜국이 침입한다 하더라도 일본은 사방이 바다로 두른 섬나라여서 백성이 모두 물에 익숙함으로 수전으로는 왜군을 막기 어려우니 차라리 육지로 끌어올려 육전에서 대번에 씨도 없이 부숴버리는 것이 상책이라는 것이었다.

여기에는 동인들을 빈정대는 뜻이 담겨있었다. 선조는 어느 쪽 의견을 좇을 바를 몰랐다. 신립의 계사는 조정에 큰 파문을 일으켰다. 서인과 동인은 국가를 위하는 대의를 버리고 오직 자신이 속한 당파의 견지에서 서로 물고 뜯었다.

이 모양을 본 류성룡은 거북선 건조의 성공으로 인해 조정에서 일어난 풍파를 자세하게 이순신에게 편지하였다. 그리고 편지의 끝에 다음과 같이 썼다.

"우리나라 사람들의 마음이 나라를 생각함보다 제 몸을 생각함이 많고 공평한 마음보다 남이 잘되는 것을 시기함이 많으니 그대도 너무 눈에 띄게 수군을 늘리어 사람들의 미움을 받게 하지 말라"는 구절을 넣기까지 했다.

이순신은 류성룡의 편지를 받아보고 길게 한숨을 쉬었다. 이때는 둘째 거북선을 건조하는 중이었다.

거북선은 이순신이 처음으로 건조한 것은 아니다. 최초로 거북선을 선보인 것은 조선 초기의 태종 때였다. 『태종실록』13년 2월 5일에 다음과 같은 기록이 있다.

임금이 임진도(臨津渡)를 지나다가 구선(龜船)과 왜선(倭船)이 서로 싸우는 상황을 구경하였다.

여기서 구선이란 곧 거북선이며 왜선은 왜구의 배를 본떠 만든 것으로 일종의 모의 수전을 기록한 것이다..

또한 1415년(태종 15년) 7월 16일을 보면, 좌대언 탁신이 병비에 관한 소견을 올린 글에서 아래와 같은 구절이 나온다.

거북선의 법은 많은 적과 충돌하여도 적이 능히 해하지 못하니 가위 결승의 좋은 계책이라 하겠습니다. 다시 견고하고 교묘하게 만들게 하여 전승의 도구를 갖추게 하소서.

이로 미루어 보아 거북선의 형태는 적어도 태종조에 이미 갖춰져 있었음을 알 수 있다. 그러나 태평한 시대가 계속되는 동안 유명무실해진 것을, 다시 옛 전거를 살펴 제작

한 것이 이순신의 거북선이다.

어쨌든 이순신은 거북선을 건조하는 한편, 쉴 틈 없이 병사들을 조련시켜 변란에 대비하고 있었다. 빗발치는 반대를 무릅쓰고 종6품 현감에서 일약 정3품 전라 좌수사로 천거해 준 류성룡의 기대에 충분히 부응하고 있는 셈이었다.

이순신의 거북선은 태종 때의 그것보다 더욱 개선된 것이었다. 임진왜란에서 맹활약한 거북선의 구조를 대략 알아보면 다음과 같다.

철갑을 두른 거북선의 등에는 다시 뾰족한 못을 수없이 많이 박아서 적병이 거북선에 기어오르지 못하게 되어있다.

대포를 쏠 수 있는 대포 구멍은 용머리에 1개, 좌우에 6개씩 합이 12개, 꼬리에 1개, 총 14개의 대포 구멍이 있다. 탑승 인원은 125명이다.

이순신이 왜적의 침입을 예상하고 거북선 건조부터 시작한 것은 미래를 내다보는 놀라운 예지가 있었기 때문이다. 이순신이 전라 좌수사로 임명된 것은 천만다행한 일이라 해야 할 것이다. 임진왜란에서 이순신 같은 뛰어난 명장이 없었다면 나라가 어떻게 되었을까를 생각하면 끔찍한 느낌이 들 수밖에 없다. 하여 우리 모두는 이순신에게 한없이 고마움을 가지게 된다. 또한 육군이었던 이순신을 수군으로 임명한 사람이 바로 선조였다는 사실도 참으로 묘한 일이라 할 수밖에 없다. 그런데 이순신이 놀라운 전투력을 발휘해 연전연승하자 선조는 턱없이 원균을 편애했고, 이순신이 노량해전에서 죽음을 맞이하는 순간까지 이순신에게 가혹했으니 이를 어떻게 해석해야 할지 깊이 생각할 필요가 있는 일이다.

이순신은 곧 분향하고, 엎드려 선조에게 올릴 장계를 지었다. 이순신은 근래에 동해 일본 쪽으로부터 나뭇조각이 많이 떠온다는 것과, 일본에 표류하였던 어민들의 말을 들으면, 일본에서는 머지않아 조선과 명나라를 치기 위하여 삼십만 대병이 출발한다는 소문이 있고 또 포구마다 병선을 만든다는 말을 자세히 썼다.

"바다로 오는 도둑을 막는 데는 수군밖에 없사오니 수군이나 육군, 어느 것이나 하나를 폐할 수 없나이다."

이순신은 수군을 폐함은 나라의 운명을 위태롭게 함이라고 썼다.

선조는 신립의 계청3대로 육군에 전력하고 수군은 파한

---

3 계청(啓請): 임금에게 아뢰어 청함.

다는 교서를 이순신에게 내리려고 마침 승지에게 붓을 들렸던 차에 이순신의 장계를 받았다. 선조는 몸소 그 장계를 읽고 무릎을 쳐서 글을 칭찬한 뒤에 수군 혁파를 주장하는 신하들에게 그 장계를 돌려 보이고 더 다른 의견을 묻지 아니하고 이순신의 장계에 옳다는 윤(允)을, 신립의 장계에는 옳지 않다는 불윤(不允)을 썼다.

이렇게 되어 신립의 수군 혁파 안은 이순신의 수륙 병존 안에 밀리게 되었다. 신립으로서는 무명의 이순신에게 졌다는 것이 참을 수 없는 치욕이었다. 어디 이순신을 한번 보자고 신립은 이를 갈았다.

조선의 조정에서 전쟁 대비를 할까 말까, 수군을 둘까 말까하고 갈팡질팡하며 당파 싸움을 일삼는 동안에, 일본은 대륙 침략 계획을 착착 실행하고 있었다.

대마도주 종의지는 원래 전쟁을 원치 아니할 처지에 있기 때문에 조신과 현소를 조선에 보내 일본이 조선의 길을 빌려 명나라에 쳐들어가려 한다는 계획과 멀지 않아 일본의 대군이 조선 지경을 범할 터이니 미리 명나라에 이 뜻을 통하여 외교적으로 일을 무사히 해결하도록 하라고 진언4 하였다.

"일본이 오래 명나라와 끊어져 일본이 조공을 통치 못 하므로 이로써 마음이 분하고 부끄러움을 품어 일본이 싸움을 일으키려고 하니 조선이 만일 앞서서 이 뜻을 명나라에 전하여 일본으로 하여금 조공의 길을 통하게 하면 반드시 무사할 것이오. 일본 백성도 또한 싸움의 괴로움을 면할 것이오."

이렇게 현소가 김성일에게 귓속말했다. 그러나 김성일은 이 말을 조정에 전하지 아니하였다. 그것은 자신이 전에 한 말, 즉 일본이 싸울 뜻이 없다는 말과 어그러지기 때문이었다.

"명년에는 일본이 대군을 이끌고 조선의 길을 빌려 명나라를 칠 것이오."

현소는 다시 오억령에게 알렸다.

오억령은 매우 놀라 조정에 이 내용을 전하였다. 하지만 선조는 전쟁이 일어나지 않을 것이라 주장하는 비전론자들의 말을 들어 오억령을 부질없는 소리를 한다하여 파직하였다.

사태가 이런 가운데 오직 전라 좌수사 이순신은 모든 핍

---

4 진언(陳言): 일정한 사실에 대하여 말을 함.

박을 물리치고 거북선을 만들고, 병선을 수리하며 관하 각 진영의 군사를 조련하고 군량을 모으며 각처에서 대장장이를 모집하여 창·칼·낫·소금가마 등속을 만들었다. 이렇게 하여 전라도 경상도의 목수 대장장이며 활 쏘고 칼 쓰는 무리들이 전라 좌수영으로 몰려들었다.

이순신이 수사로 온 지 일 년여 만에 전라좌도 수군은 병선이 새것이 되었고, 장교나 군졸의 사기도 높아졌다.

임진왜란의 원인에 대한 근래 일본의 연구에 의하면, 도요토미 히데요시의 영웅심을 주요인으로 보고, 명의 무역 제한, 조선의 무례에 대한 분노, 아들의 요절에 따른 심리적 타격, 부하 장수에게 나누어 줄 영지 획득 등을 부차적 요인으로 보는 견해가 있고, 또 다른 견해로는 일본 국내의 살벌한 민심을 밖으로 돌리고 부하 장수들의 여력을 해외에서 소모하게 하려는 의도가 있었다는 견해도 있다.

결국 도요토미 히데요시는 1592년(선조 25년)에 조선 원정군을 편성하여 육군 15만여 명, 수군 9천여 명을 몇 진으로 나누어서 조선 침략을 개시했다.

왜군은 4월 14일에 부산포에 상륙하여 당일에 부산성을 공격했다. 정발의 지휘로 조선의 군, 관, 민이 결사적인 항전을 벌였으나 정발 이하 모든 성민들은 성과 함께 운명을 같이 했다. 적은 이어서 동래성으로 밀어닥쳤다. 동래부사 송상현을 비롯한 조선 군사들이 선전 분투했으나, 조총과 화살의 대결에서 총을 이길 수가 없었다. 결국 성의 함락과 함께 동래부사 송상현을 비롯한 장병들이 장렬하게 전사하였다. 왜적은 동래성을 함락한 후 파죽지세로 북상을 거듭했다.

부산에서 한성으로 오는 길은 셋이 있다. 세 길 중 가운데 길은, 부산에서 양산, 밀양, 청도, 대구, 선산을 거쳐 상주, 문경을 지나 문경새재를 넘어 한성으로 오는 길이다.

왼편 길은 곧 경상좌도의 길을 뜻하니, 부산에서 기장, 경주, 영천, 신령, 의흥을 거쳐 용궁강을 건너고 대재를 넘어 한성으로 오는 길이다.

오른편 길은 주로 경상우도의 길이란 뜻이니, 김해에서 성주, 무현강을 건너 지례, 추풍령을 넘어 충청도 영동을 지나 한성으로 오는 길이다.

부산 함락의 경보가 조정에 올라온 것은 4월 17일이었다. 1592년(선조 25년) 4월 13일 부산포에 들어선 왜군은 바로 다음 날에 동래부를 함락시키고 일로 북상을 거듭했고, 불과 사흘 후인 4월 17일에 삼도순변사 신립이 탄금대 전투에서 대패하는 바람에 한성에 이르는 길목인 충주가 일순간에 함락되었다. 신립은 한때 여진 정벌의 전쟁 영웅이었던 장수였다.

　1546년에 출생한 신립은 무예를 좋아해서 1567년(명종 22년) 무과에 급제한 뒤 1583년(선조 16년)에 은성 부사로 있으면서 당시 국경을 위협하던 오랑캐 추장 이탕개를 격파하였고 흔들리던 두만강 일대의 6진을 지키는 데 큰 공을 세운 사람이었다.

　신립은 평안도 병마절도사를 거쳐 임진왜란이 발발하자 삼도순변사로 임명되어 문경새재를 넘어오는 왜적과 맞서 싸웠다. 그런데 평소 북방에서 즐겨 쓰던 방법대로 기병을 이용해서 전투하기 위하여 문경의 조령을 쉽게 내어주고 충주성 근처 평야 지대에서 강을 배수진으로 고니시 유키나가(小西行長)의 왜적에 대항했으나, 참패하고 탄금대로 후퇴했다가 달천강에서 투신하였다.

　사실 이때 그의 참모장인 김여물 등이 조령의 지리적 이점을 활용하는 방어진지 구축을 건의했으나 듣지 않고 자신의 고집을 꺾지 않다가 참패를 당한 것이었다. 이는 실로 장수로써의 능력에 문제가 있다고 보아야 할 것이다. 훗날 명나라가 참전했을 때 명나라의 장수들조차 하나같이 조령과 같은 천혜의 요새를 두고서도 어떻게 한성에 이르는 길을 그렇게 쉽게 내주었는지 의아해했다.

『조선왕조실록』에는 4월 18일부터 27일까지의 기록이 빠져있다. 워낙 급박한 처지라서 차분하게 정사를 기록할 상황이 아니었을 것이다. 신립이 패전하였다는 소식이 조정에 전해진 것은 4월 28일이었다. 이날 충주의 패전 소식을 접한 선조는 즉각 창덕궁의 인정전으로 대신과 대간을 불러 파천5하겠다는 의사를 밝혔다. 파천이란 함부로 주장할 수 없는 엄중한 말이다.

그런데도 이때 파천의 필요성을 주장하는 신하가 한 사람 있었다. 그가 바로 영의정 이산해였다. 그는 선조와 대신, 그리고 대간6들의 파천 논쟁이 벌어지는 동안 울기만하다가 밖으로 나갔다.

"과거에도 파천한 예가 있다."

이산해가 우승지 신잡에게 말했다.

이는 고려 때 홍건적7이 쳐들어와 개경을 점령당했을 때,

---

5 파천(播遷): 대가파천(大駕播遷)의 준말. 임금이 도성을 포기하고 다른 곳으로 피난한다는 뜻이다. 몽진(蒙塵)과 같은 뜻이다.
6 대간(臺諫): 고려~조선시대 감찰 임무를 맡은 대관(臺官)과 국왕에 대한 간쟁(諫諍) 임무를 맡은 간관(諫官)의 합칭.
7 홍건적(紅巾賊): 중국 원나라 말기에 허베이(河北)에서 한산동(韓山童)을 두목으로 하여 일어났던 도둑의 무리.

공민왕이 경상도의 안동으로 몽진한 것을 염두에 두고 한 말이었다.

이산해의 주장을 들은 대간들은 이산해를 파면해야 한다고 들고 일어났다. 그러나 선조는 이를 허락하지 않았다. 왜냐하면 사실은 이산해의 의견이 바로 선조 자신의 뜻과 같았기 때문이었다.

얼마 후에 선조는 창덕궁의 편전8인 선정전으로 군졸모집의 책임을 맡은 징병제찰사 이원익과 최흥원을 불렀다.

"경이 평안도 안주를 다스릴 적에 관서 지방의 민심을 많이 얻었기에 그들이 지금까지 경을 잊지 못한다 하니, 경은 평안도로 가서 인심을 수습하라. 적병이 깊숙이 침입해 들어와 남쪽 여러 고을들이 날마다 함락되니 한성 가까이 온다면 관서 지방으로 파천해야 한다. 이러한 뜻을 경은 분명히 알아야 한다."

선조가 이원익에게 명했다.

과거에 이원익이 황해도 도사를 한 경험이 있기에 그곳에 가서 미리 준비를 하라는 뜻이었다.

---

8 편전(便殿): 임금이 평상시에 거처하던 궁전.

최흥원을 부른 이유도 같았다.

"지금 민심이 흉흉하여 토붕와해9의 지경에 이르렀으므로, 윗사람을 위해 죽는 의리가 없어졌으니, 경은 황해도로 가서 민심을 잘 수습하여 나의 거가10를 영접하라."

선조가 최흥원에게 일렀다.

선조는 향후에 자신이 가게 될 피난길에 있는 황해도와 평안도에서 혹시 있을지도 모를 백성들의 폭동을 예방하기 위하여, 과거에 현지에서 신망을 얻었던 두 사람을 각각 평안도와 항해도의 순찰사로 임명한 것이다. 두 사람은 4월 28일 바로 임지11로 출발했다.

---

9 토붕와해(土崩瓦解): 흙이 무너지고 기와가 깨지듯이 여지없이 무너져 수습할 수 없음을 이르는 말.

10 거가(車駕): 임금이 타는 수레.

11 임지(任地): 임무를 받아 근무하는 곳.

8. 선조의 몽진과 광해군 세자 책봉

이원익·최흥원 두 사람이 선정전에서 나가자 우부승지 신잡이 신하로서 임금에게 감히 하기 어려운 이야기를 꺼냈다. 보통 때라면 목숨을 부지하기 힘든 말이다. 세자를 책봉하는 일은 임금 스스로 하는 것이 통례이고 신하가 먼저 말을 꺼낸다는 것은 신하 된 자의 도리에 어긋나는 일이다. 자칫 임금의 비위를 상하게 할 염려가 있다. 세자 책봉은 임금의 후계자를 정하는 일인 만큼 임금의 죽음을 전제로 하기 때문이다. 이런 이유 말고도 세자를 세우는 데 공을 세우고 장차 세자가 임금이 되면 한몫 챙기려 하는 것이 아닐까 하는 의심을 받을 수도 있는 일이다. 하여 이런 일에 앞장서는 것을 신하들은 꺼려했다.

"사람들이 막연한 두려움을 갖고 있으니 세자를 책봉하지 않고서는 이를 진정시킬 수 없사옵니다. 일찍 대계[1]를

---

1 대계(大計): 큰 계획.

정하시어 사직의 먼 장래를 도모하시옵소서."

신잡은 탄금대 전투에서 패한 뒤 자살한 신립의 친형이다. 그는 남들보다 늦은 마흔네 살에 문과에 급제하여 사간원 정언과 사헌부 지평 등을 거쳐 우부승지에 오른 사람으로 선조의 총애가 깊었다. 신잡의 동생이자 선조의 사돈이기도 한 신립이 나라를 지키다 죽은 것도 신잡에게 힘을 실어주었을 것이다.

신잡의 주청2을 듣고 선조는 빈청3에 머무는 대신들을 불러들일 것을 명했다.

영의정 이산해와 좌의정 류성룡이 선정전으로 들어왔다. 그러나 두 사람은 자신들을 부른 까닭이 세자 책봉이라는 것을 이미 알았기 때문에 대기석이라고 할 수 있는 입시석4에 머물러 있으면서 선조가 앉아 있는 어탑5으로 가려 하지 않았다.

자칫하다가는 목숨이 경각에 달린 일이기 때문이다. 결

---

2 주청(奏請): 임금께 아뢰어 청함.
3 빈청(賓廳): 궁중에 있는 대신이나 비변사의 당상들이 모여 회의하던 곳.
4 입시석(入侍席): 대궐에 들어가 임금을 뵙기 위해 기다리는 자리.
5 어탑(御榻): 임금이 앉는 자리.

국은 사관들이 재촉하는 바람에 두 사람은 어쩔 수 없이 선조 앞으로 나아갔다.

"나라의 위태로움이 이와 같으니 경들은 누구를 세자로 세울 만하다고 생각하는가?"

선조가 무겁게 입을 열었다. 하지만 두 사람은 한사코 대답을 사양했다.

"성상께서 스스로 결정하실 일이옵니다."

밤이 깊도록 같은 물음과 답변이 오갈 뿐이었다. 신잡이 이산해를 붙잡았다.

"오늘은 기필코 결정이 내려져야 물러갈 수 있습니다."

다시 어탑 앞으로 오는 이산해를 지켜보면서 선조는 묘한 미소를 지은 다음 이렇게 말했다.

"광해군이 총명하고 학문을 좋아하니 그를 세워 세자로 삼고 싶은데 경들의 뜻은 어떠한가?"

선조가 광해군 이혼을 지목한 것이다. 선조가 먼저 광해군을 지목했으니 신하들로서는 반대할 이유가 없다.

"종묘사직과 백성들의 복입니다."

신하들이 일제히 대답했다.

4월 29일. 아무런 경축 행사도 없이 신하들이 동궁6으로 찾아와 절을 하는 것으로 광해군의 세자 즉위식은 끝났다.

얼떨결에 세자에 오른 광해군이 맨 먼저 한 일은 피난 보따리를 싸는 일이었다. 벌써 파천 소식은 대궐 안팎으로 급속히 퍼져나갔다. 세자 책봉이 끝난 직후 왕실 종친인 해풍군 이수기 등 수십 명이 몰려와 대궐문을 두드리며 통곡했다.

"파천을 가지 않고 마땅히 경들과 더불어 목숨을 바칠 것이다."

해풍군 이수기 등은 선조가 다짐한 후에야 물러갔다. 하지만 선조의 다짐은 거짓이었다.

피난 준비는 착착 진행되고 있었다. 선조는 윤두수를 불러 호종7하도록 했다. 광해군과 같은 어머니에게서 태어난 형, 임해군 이진은 김귀영과 윤탁연이, 순빈 김씨 사이에 난 순화군 이보는 현준과 이개가 호종하여 함경도로 피신토록 명했다. 파천 사실을 모를 리 없는 궁궐 호위 군사들은 일찌감치 도망쳐 버렸다.

저녁에 해가 뉘엿뉘엿 인왕산으로 넘어갈 때 서둘러 어가8가 떠나려 하는 즈음이었다.

6 동궁(東宮): 왕세자가 거처하는 곳.
7 호종(扈從): 임금의 어가를 따르는 일.
8 어가(御駕): 임금이 타던 수레. 대가(大駕).

"경은 유도대장이 되어 한성을 지키라."

선조가 류성룡에게 명하였다.

"좌상을 유도대장으로 하심은 옳지 아니한 줄로 아뢰옵니다. 압록강을 건너면 명나라이오니 오늘날 정신 중에 응변할 만한 재주로는 오직 좌상이 있을 뿐이 온즉, 좌상으로 하여금 한성을 지키게 하시오면 다만 싸움에 진 장수가 될 뿐이오나 어가를 호송케 하오시면 반드시 크게 쓸 곳이 있을 것으로 아뢰옵니다."

도승지 이항복이 말했다.

이항복의 생각은 류성룡을 한성에 두어 패장으로 만들지 말고 앞으로 명과의 교섭에 대비하여 류성룡의 능력을 활용해야 한다는 취지였다. 이때 이미 이항복은 명나라의 원군을 위한 교섭 등에 류성룡이 필요할 것을 계산하고 있었다. 그 위급한 와중에도 이항복은 명석한 머리로 앞으로 생길지도 모를 일들에 대해 치밀한 계산을 하고 있었던 것이다. 이항복의 말이 지극히 옳다고 생각하여 선조는 우의정 이양원을 유도대장으로 삼아 한성을 지키게 하고, 좌의정 류성룡은 호종하게 하였다. 이렇게 하여 영의정 이산해, 좌의정 류성룡, 우의정 윤두수, 도승지 이항복, 임금의 종친들이 앞에 서고 중간에 왕비, 기타 종실 부인들과 몇몇 궁녀들이 혹은 타고 혹은 걸어서 따르고, 그 뒤를 신하들이 따랐다. 이항복이 얼마를 가다가 뒤를 돌아보니 몇 명이 떨어지고, 또 얼마를 가다가 뒤를 돌아보면 또 몇 명이 떨어졌다. 일행의 수효는 갈수록 줄었다.

밤은 점점 깊어져 가고 빗소리는 더욱 높아갔다. 촛불이 끄물거리는 속에, 궁중에서는 피난 채비를 하느라고 사람들이 분주하게 왔다 갔다 했다.

선조는 병조판서 김응남에게 표신9을 주어 위사10를 소집하라 하였으나 한 사람도 응하는 사람이 없고, 심지어 종친, 대관11 중에서도 온다 간다 말없이 슬몃슬몃 빠져나가는 자가 많아 선조의 좌우는 밤이 깊을수록 적막하게 되어갔다.

이때 조선군은 상주에서 패하여 충주로 달아났다. 충주에서도 탄금대 싸움에 패하였다. 신립, 김여물 등이 다 죽는 속에서도 도망하여 목숨을 건진 순변사 이일의 장계12

---

9 표신(標信): 궁중에 급변을 전할 때나 궁궐에 드나들 때 쓰던 문표(門標).
10 위사(衛士): 대궐을 지키는 장교.
11 대관(大官): 높은 벼슬 또는 그 벼슬에 있는 사람.
12 장계(狀啓): 왕명으로 지방에 나간 관원이 글로 써서 올리던 보고.

가 왔다. 내용은 충주 패전의 전말을 기록하고, "적군이 금명간에 한성을 범하리다" 하고 끝을 맺었다.

이 장계를 읽고 선조 이하 신하들이 일제히 통곡하였다. 이제는 일각도 더 지체할 수 없다고 하여 선조는 황급히 군복을 입고 말에 올랐다. 세자 광해군과 넷째 왕자 신성군, 다섯째 왕자 정원군이 뒤를 따라 광화문을 나섰다. 밤은 사경13으로 그믐날인 데다가 날이 흐리고 비가 퍼부어 지척을 분간할 수가 없었다.

종묘 위패를 몰아 태운 가마 하나가 앞을 섰다. 그다음에 말을 탄 왕이 서고 다음에 영의정 이산해, 좌의정 류성룡, 우의정 윤두수, 도승지 이항복, 종친들이 섰다. 중간에 왕비, 기타 종실 부인들과 몇몇 궁녀들이 혹은 타고 더러는 걸어서 뒤를 따르고 여러 관원들이 뒤를 따랐다.

왕비 박씨는 상궁 두어 사람을 데리고 걸어서 인화문을 나섰다. 도승지 이항복이 촛불을 소매로 가리어 겨우 길을 찾았다. 궁녀들과 비첩들은 머리를 싸고 비를 맞으며 뒤를 따랐다. 엎어지고 자빠지며 한 떼로 지나갈 때 경복궁 앞에

---

13 사경(四更): 하룻밤을 다섯 등분한 넷째 시간(새벽 1시부터 3시까지). 정야(丁夜).

서 서대문에 이르기까지 좌우 길가에서는 곡성이 진동하였다. 선조가 서대문을 지날 때는 선조를 따르는 자는 영의정 이산해, 좌의정 류성룡, 도승지 이항복 등 백여 명에 불과했다.

정오경 벽제관에 도착했다. 벽제관은 명나라 사신이 오갈 때 들르는 숙소였다.

이때 상황은 『선조실록』에 다음과 같이 기록되어 있다.

점심을 벽제관에서 먹는데 왕과 왕비의 반찬은 겨우 준비되었으나 동궁은 반찬도 없었다. 병조판서 김응남이 흙탕물 속을 분주히 뛰어다녔으나 여전히 어찌해 볼 도리가 없었고, 경기관찰사 권징은 무릎을 끼고 앉아 눈을 휘둥그레 뜬 채 어찌할 바를 몰랐다.

점심을 끝낸 선조 일행은 다시 북행길에 나섰다. 도중에 임금을 버리고 도망치는 병사들도 있었지만 어쩔 도리가 없었다. 해 질 무렵에 임진강 나루에 닿아 배에 오른 선조는 호종하는 신하들을 둘러보더니 엎드려 통곡했다. 강을 건넌 선조는 타고 온 배를 가라앉혔다. 적군의 추적을 조금이라도 늦춰보려는 절박함 때문이었다.

9. 개경에서 벌어진 책임 논란

동파관에서 하룻밤을 지낸 선조 일행은 다시 길을 나서 판문을 거쳐 저녁 무렵에 고려의 도읍이었던 개성에 당도했다. 비교적 평안한 밤을 보내고 다음 날인 5월 2일, 선조는 개성 유수 홍인서를 불렀다. 선조가 개성을 사수할 것임을 백성들에게 알리라고 명했다. 이에 백성들은 물론이고 호종하던 신하들도 환호성을 올렸다.

"상(임금)께서 도성을 떠나시는 바람에 한성이 이미 무너졌습니다. 또다시 이곳을 떠나신다면 더욱 수습하기 어려우니 원컨대 이곳에 머물러 진압하소서."

선조는 걱정하지 말라고 했다. 그러나 그 말 또한 거짓말이었다.

선조는 6승지와 신하들을 불러 모았다. 향후 대책을 논의하기 위함이었다. 우선 신하들은 파천이 잘못임을 지적하면서 영의정 이산해를 박살하자고 목소리를 높였다. 파천 계획이 이산해에게서 나왔다는 이유에서였다. 사실 파천을 맨 처음 발설한 사람은 선조 자신이었다.

"파천을 결정한 나를 간하여 말리지 못한 죄는 영상(이산해)이나 류성룡이나 같은데 어찌하여 지금 유독 영상만 논하고 류성룡은 언급하지 않는가? 만약 영상을 죄준다면 류성룡까지 아울러 파직시켜야 할 것이다"

선조가 말했다.

결국 다음 날인 5월 3일 이산해와 류성룡은 파직되고 같은 날 최흥원이 좌의정, 귀양 갔던 윤두수가 우의정으로 제수되었다.

5월 3일은 급박한 하루였다. 아침 일찍 이조참판 이항복으로 하여금 왕자인 신성군 이우와 정원군 이부를 호종하여 먼저 평안도로 출발하도록 하였다. 목적지는 평양이었다. 먼저 가서 성을 수리하는 등 평양 사수 계획을 세우고 병사들을 불러 모아 자신의 어가를 맞이하도록 하기 위함이었다.

속속 들어오는 남쪽 소식은 온통 불길한 소식 일색이었다. 민심은 등을 돌렸고, 심지어 왜군을 환영하는 사람도 있었다는 소식에 선조는 경악했다. 한성 사람들 상당수는 아예 피난도 하지 않았다. 왜군의 심리전도 효과가 있었다.

"우리는 너희를 죽이지 않는다. 너희 임금이 너희들을 학대하기에 우리가 이렇게 온 것이다."

왜군의 선전이었다.

"왜군도 사람인데 우리가 굳이 집을 버리고 피할 필요가 있겠는가."

투항하는 사람들이 속속 생겨났다.

한성의 전세를 살피러 간 우부승지 신잡이 저녁 무렵에 돌아왔다. 한성까지 가지 못하고 돌아온 것이었다. 한성은 이미 적들의 손에 들어갔고, 신잡은 벽제까지 갔다가 더 이상 갈 수 없어서 되돌아와야 했다. 적들의 임진강 도강이 가깝다는 뜻이기도 했다. 그렇다면 임진강에서 하루거리의 개성은 위험했다. 조선의 종묘사직이 풍전등화[1]와 같은 운명이었다. 신잡을 맞이하여 선조가 보여준 모습은 임금으로서의 체통이나 권위는 온데간데없다. 당시의 『선조실록』은 이렇게 기록하고 있다.

"적이 이미 강을 건넜는가?"

선조가 물었다.

"어제저녁에 이미 입성했다고 합니다."

전시 상황을 점검하고 돌아온 신잡과 홍문관 교리 이상홍이

---

1 풍전등화(風前燈火): 바람 앞에 놓인 등불이라는 뜻으로, 매우 위급한 처지에 놓여 있음을 가리키는 말.

보고했다.

깜짝 놀란 선조는 당장 피신하겠다고 나섰다.

"오늘은 미처 떠날 수 없으니 내일 조용히 거동하소서."

유배에서 돌아온 우의정 윤두수가 점잖게 건의했다.

그러나 선조는 당장 길을 나서서 개성 외곽의 금교에서 밤을 보내겠다고 말한다.

"사람들이 겁을 먹으면 뜻밖의 변이 생길지 두렵사옵니다."

윤두수가 다음날 일찍 떠날 것을 권했다.

"다른 말은 하지 말고 속히 출발하라."

선조가 명령했다.

결국 이날 밤늦게 선조 일행은 개성을 떠나 금교역에 도착했다. 하루 전날 백성에게 했던 약속을 내팽개치고 개성을 버린 것이다.

5월 7일, 마침내 평양에 입성했다. 평양에서 일단 한숨을 돌린 선조는 전황을 점검했다.

전라 좌수사 이순신이 남해를 누비며 고군분투2하는 동

---

2 고군분투(孤軍奮鬪): 도움을 받지 못하는 고립된 군대가 많은 수의 적군과 용감하게 잘 싸움.

안, 육지에서는 온통 패전 소식이었다. 도원수 김명원이 지키던 임진강의 방어선도 끝내 무너졌고 숱한 장수들이 전사했으며 적군이 평양을 향해 쳐들어오고 있었다.

왜장 우키다 히데이에(浮田秀家)는 한성에 남아서 약탈을 일삼고 있었지만, 고니시 유키나가, 가토 기요마사, 구로다 나가마사(黑田長政) 등이 이끄는 왜군은 임진강을 건너 북진하고 있었다. 그들은 황해도 평산에 이르자 앞으로의 진로를 놓고 의견이 엇갈렸다. 저마다 평안도 땅으로 가겠다는 것이었다. 그것은 조선의 임금 선조가 평양으로 몽진하였으니, 그쪽으로 진격하여 선조를 사로잡고 항복을 받음으로써 최고의 전공을 자신이 세워보자는 야심에서였다.

서로 다투던 왜장들은 마침내 제비를 뽑아서 진로를 결정하기로 하였다. 그 결과 고니시 유키나가가 운이 좋게도 평안도 방면을 맡게 되었고, 가토 기요마사는 함경도, 구로다 나가마사는 황해도 방면을 각각 맡게 되었다.

조정의 신하들도 서로 남의 잘못을 캐내어 처벌을 요구하는 목청을 높이고 있었다. 그런 와중에 위안이 되는 소식이 딱 하나 있었다. 그것은 5월 23일에 남해안에서 전라좌수사 이순신이 경상도까지 넘어가서 적선 40여 척을 격파하고 왜적의 수급을 베었다는 보고였다.

이것은 이순신이 5월 7일 옥포(거제도)에서 적선 26척, 함포(창원)에서 적선 5척, 5월 8일 적진포(충무)에서 적선 15척을 격파한 것을 말한다. 이에 선조는 이순신을 가자[3]할 것을 명했다. 하지만 육지 싸움에서는 싸울 때마다 잇따라 패배했다.

선조는 조정의 중신들을 불러 모았다.

"장차 이 일을 어찌하면 좋겠소? 믿었던 임진강 보루가 무너졌고, 왜적이 이제 임진강을 건넜다 하니 평양성도 풍전등화가 되었구려. 경들은 어서 대책을 세우도록 하오."

사태가 이 지경이 되고 보니 무슨 뾰족한 대책이 있을 수 없었다. 그러나 가만히 손을 놓고 있을 수는 없는 일이었었다. 먼저 입을 연 사람은 정철이었다. 그는 지난날 우의정으로 있다가 동인의 세력에 밀려나 강계 땅에서 귀양살이 하던 중 나라가 위급에 빠지자 귀양이 풀려 선조를 호종하고 있었다.

"이곳 평양성은 지세로 보아 왜적의 대군을 맞아 싸울 곳이 못 되옵니다. 하오니 하루바삐 북쪽으로 옮기시고 이 평

---

3 가자(加資): 근무 성적이 좋아 품계를 올려주는 것.

양성은 대장 한 사람이 군사를 이끌고 지키도록 하심이 옳은 줄 아뢰옵니다."

정철의 의견에 심충겸이 찬동했는데, 이번에는 윤두수가 나섰다.

"신, 좌의정 윤두수 아뢰옵니다. 이곳 평양성을 버리심은 천부당만부당[4]한 일이옵니다. 첫째로 우리나라의 지형으로 보아 북으로 기백 리를 가면 압록강이온데 만약 어가가 압록강을 건너시면 다시는 돌아오기 어렵고, 평양성을 사수한다며 이곳 백성들을 회유한 일이 어제의 일이온데 평양을 떠나시면 흩어지는 민심을 누가 수습하겠나이까? 전하! 통촉하소서."

좌의정 윤두수가 극구 반대하였다.

뒤를 이어 윤두수의 의견에 박동량과 이유징 등이 찬동하고 나섰다. 이렇게 평양을 사수하자는 패와 한시바삐 어가를 모시고 북쪽으로 피난하자는 패의 의견이 서로 맞서게 되었고 논쟁은 그칠 줄 몰랐다.

선조는 답답하였다.

---

4 천부당만부당(千不當萬不當): 천번 만번 부당하다는 뜻으로, 조금도 가당치 않음.

"전하, 지금 양론이 분분하나, 일단은 임진강에서 퇴각하는 도원수가 오기를 기다리시어서 도원수의 의견을 들으신 연후에 결정을 내리시는 것이 가할 듯하옵니다."

병조판서 이항복이 나서서 절충안을 내었다.

선조는 갑론을박의 틈바구니에서 어쩔 바를 몰라 했다.

"그 생각이 좋겠소. 그럼 도원수가 오는 대로 논의하도록 하고 이만들 물러가시오."

마침내 선조가 이항복의 유보 안을 채택했다.

패전한 장수인 도원수 김명원이 돌아온들 무슨 뾰족한 수가 날까마는 이항복은 갈피를 잡지 못하는 상감을 대하기가 못내 황송하여 시간을 얻어서 중신들끼리 다시 좋은 의견을 모아보려는 생각을 한 것이다.

도원수는 고려, 조선 시대 전시에 군대를 통할하던 임시 무관직이다. 대내외의 전쟁 때 대개 문관의 최고 관을 도원수로 임명하여 임시로 군권을 주어서 군대를 통할케 했다. 도원수 김명원과 도순찰사 한응인이 채 백 명도 못 되는 군졸을 이끌고 지친 몰골로 평양성에 들어왔다. 그들은 곧바로 선조가 있는 행궁으로 달려갔다.

선조는 그들을 대하자 괘씸하기도 했지만, 한편으로는 측은한 마음이 들기도 하였다.

"그 많은 군사는 모두 어찌하고, 이 꼴이 되어서 돌아왔는고?"

선조의 가슴이 미어졌다.

"전하! 싸우다가 죽었어야 마땅할 이 몸이 면목 없이 살아왔사오니 신의 목을 베어 주옵소서."

김명원은 눈물을 뚝뚝 흘리면서 아뢰었다.

군신 간에 긴말이 오갈 필요는 없었다. 선조는 마땅히 죄를 물어 김명원을 처벌해야 했지만 이 시점에서 장수 한 명의 목이라도 함부로 벨 처지는 아니었다.

"……."

긴장과 침묵이 흘렀다.

"임진강의 보루를 무너뜨린 죄는 마땅히 참수형에 해당할 죄이오나 은총을 베푸시고, 다시 한 번 김명원에게 그 죄를 벗을 기회를 주심이 가한 줄 아뢰옵니다. 이제 당장 왜군이 대동강에 육박할 것인즉 강동과 강북의 군사를 모아서 김명원으로 하여금 이번에는 공을 세울 수 있도록 은총을 베푸시옵소서."

영의정 최흥원이 나서서 선조에게 아뢰었다.

이리하여 김명원은 죽음을 면하게 되었고, 과연 그 후에 전공을 세우게 되었다.

때마침 이일이 군사를 거느리고 행궁에 당도했다. 이일은 10년 전인 1583년(선조 16년)에 여진족 니탕개가 난을 일으켰을 때 두 차례에 걸쳐 2만여 명의 오랑캐를 경원에서 물리친 용맹스러운 장수였다. 경원은 오랫동안 여진족이 살던 곳으로 함경북도에서 가장 북쪽 끝에 자리 잡고 있는 옛날 6진의 하나였다. 이일은 이번에 이양원과 함께 양주에 진을 치고 있었다. 그러다가 임진강이 적의 손에 무너지자 이양원은 함경도 쪽으로 후퇴하고, 이일은 평양으로 달려온 것이다. 이때 이일의 나이는 55세의 중늙은이였다. 이일을 맞이한 선조는 온 얼굴에 기뻐하는 빛이 가득했다. 지난날의 용장이 이처럼 찾아주었으니 결국에는 좋은 계책을 말해줄 것이라 믿어서였다.

"이 장군, 그동안 고생이 많았소."

"황송하옵니다. 전하."

선조는 이일에게 물어, 자신의 거취를 정하려고 하였다. 역전의 명장일 뿐 아니라 오늘날의 전황도 익히 알고 있을 것이라 생각했기 때문이었다.

"이보오, 이 장군. 장차 이 일을 어찌하면 좋겠소? 조정 중신들은 말하기를, 평양성을 지키자 하고, 혹은 말하기를 행재소5를 북으로 옮기자 하는데 경의 의견은 어떠한지 기탄없이 말을 좀 해보오."

이일의 눈에는 눈물이 흘러내렸다. 얼마나 외로우시고 두려우시면 이런 중대사를 자기에게 물어 오시나? 또 한편으로는 자신을 믿어주시는 상감의 은총이 한없이 고맙기도 하였다. 그래서 마음속에 있던 생각을 숨김없이 털어놓기로 했다.

"전하! 소장의 의견을 거짓 없이 소상하게 아뢰겠나이다. 오늘날 파죽지세로 몰려오는 왜적은 그 수효로 보나 그 병기로 보나 우리의 힘으로는 막아낼 수 없을 것으로 생각되옵니다. 하오니 평양성을 떠나시어 우선 함흥성으로 옮기심이 옳을 줄 아옵니다. 함흥성은 험준하고 튼튼하여 왜적을 막기로는 이 평양성보다 훨씬 수월할 것으로 아뢰옵니다."

선조는 이일이 아뢰는 동안 연방 고개를 끄덕이었다. 지난날 경원 부사로서 2만 명의 오랑캐를 무찌른 이일이 아니던가. 경원은 함경도의 북쪽 국경 지대이다. 그렇기에 이일이 함흥성에 대해서도 익히 알고 있을 것이 분명했다.

---

5 행재소(行在所): 임금이 거둥할 때 일시 머무는 곳.

"그대는 과연 장수 중의 장수요, 신하 중의 신하로다!"

선조는 입에 침이 마르도록 이일을 칭찬했다.

"그러하옵니다. 전하. 이 장군의 진언을 따르심이 옳은 줄로 아뢰옵니다."

이덕형도 이일의 의견에 찬성하였다. 이덕형은 본디 평양 철수를 지지해 오던 터에, 이일이 선조께 함흥성으로 옮기기를 상주하니 이때를 놓칠세라 강력히 주장하고 나섰다. 그러자 옆에 있던 윤두수의 눈초리가 날카로워졌다.

"전하, 평양을 떠나시면 아니 되옵니다."

윤두수가 반대했지만 이미 선조의 마음은 결정이 되어있었다.

"이 말도 옳고 저 말도 옳은 말이나 이제 과인의 거취는 정해졌소."

결국 함흥으로 결정되었다. 이날 중전이 먼저 함흥으로 가기 위해 길을 나섰다. 그러나 소문을 들은 백성과 군인들이 폭동을 일으켰다. 거리에는 칼과 창이 삼엄하게 벌여있고 고함 소리가 진동했다. 폭도 들은 임금의 어가가 떠나지 못하게 했다. 결국 평안도 관찰사 송언신이 휘하 병사들로 하여금 난을 주도한 자들을 붙잡아 참수한 후에야 겨우 난이 어느 정도 진정되었다.

이런 일이 있던 날 밤에 왜군에게 포로로 잡혔던 군졸 한 명이 평양성에 들어왔다. 그는 왜군의 군사6격인 왜승7 현소(玄蘇)의 편지를 가져왔다.

한음 선생을 한 번 만나도록 해주시오.

간단한 내용의 편지였다. 한음은 이덕형의 호다. 이덕형은 4년 전에 현소 등이 일본의 사신으로 왔을 때 접반사8의 일을 맡은 바 있어 현소와는 이미 안면이 있는 사이였다. 이덕형은 이때 32세의 젊은 나이에 예조참판에 대제학을 겸하고 있는 중신이다.

현소가 보낸 글을 놓고 중신들의 의견이 분분하였다. 최홍원, 윤두수, 류성룡, 정철, 이항복, 유흥, 이덕형 등이 모여 대책을 논의하였다.

"대감, 홀몸으로 대동강을 건너서 왜적의 진중으로 갈 만하겠소?"

---

6 군사(軍師): 전쟁에서 장군을 따라다니면서 계책을 궁리해 내는 사람.
7 왜승(倭僧): 왜국(倭國) 승려.
8 접반사(接伴使): 외국 사신을 접대하는 임시직. 정3품 이상에서 임명하였다.

좌의정 윤두수가 물었다.

"대감, 비록 소인이 나이 어리고 담은 약하지만, 소인이 가서 적장과 담판을 함으로써 적의 진격을 잠시라도 막을 수가 있다면 기꺼이 가겠습니다."

이덕형이 기다렸다는 듯이 대답하였다.

좌중은 이덕형의 의기에 모두 감탄하였다. 중신들은 행궁으로 들어가 임금 앞에서 이 문제를 놓고 다시 의논하였다.

"한음이 홀몸으로 왜장들과 담판을 지어보겠다니 그 용기가 실로 가상하도다."

선조도 이덕형의 기개를 칭찬하였다.

대동강 북쪽에서 나룻배 한 척이 준비되고, 한음 이덕형과 백사 이항복이 천천히 걸어 나왔다. 이항복 옆에는 이항복이 늘 아껴오던 장사 박성경이 뒤따르고 있었다. 장사 박성경은 소매 속에 철퇴를 숨기고 있었다. 만약의 경우를 대비하기 위한 이항복의 속 깊은 배려였다.

"한음, 아무래도 자네 혼자로는 마음이 놓이지 않네, 이 사람은 힘깨나 쓰는 사람이니 함께 가도록 하시게. 혹 무슨 일이 일어나면 도움이 될 것이야."

"백사, 고맙네. 하지만 무슨 일이 일어나기야 하겠어? 과히 심려하지 마시게. 그럼 다녀옴세."

두 손을 힘주어 마주 잡고 둘은 얼른 손을 놓지 못했다.

"그럼……."

"알았네."

한 조각 나룻배는 이덕형과 박성경을 싣고 강심으로 미끄러져 들어갔다. 나룻배에는 '한음(漢陰)'이라고 쓴 깃발이 펄럭이고 있었다. 한편 왜군 쪽에서도 작은 배 한 척이 이쪽을 향해 노를 저어왔다. 드디어 대동강 한복판에서 두 배가 만났다. 그 배에는 역시 왜군의 군사인 승려 현소가 타고 있었다. 두 나룻배의 거리가 차츰 가까워지더니 밧줄을 서로 던져 붙잡아 맸다. 두 배는 이제 한 덩어리가 되었다. 그리고 강물의 흐름을 따라 서서히 강의 하구 쪽으로 흘러내려갔다.

"한음 선생, 오랜만에 뵙겠습니다."

"현소 대사, 정말 오래간만이외다."

양국의 특사 격인 두 사람은 마치 반가운 친구라도 만난 듯이 인사를 나누었다. 그러나 뒤이어 가시 돋친 말이 오고 가기 시작했다.

"내 먼저 묻겠는데, 현소 대사, 그대의 나라 일본은 무슨 명분이 있어 군사를 일으켜 우리나라를 쳐들어왔소이까?

이는 하늘이 노하시고 저주하실 일이오."

"한음 선생, 우리가 군사를 일으켰음이 어찌 명분이 없다고 하시오. 우리는 명나라에 조공을 바치기 위하여 조선에 길을 비켜달라고 하였는데 이에 응하지 않은 것은 귀국이었소. 지금도 늦지 않으니 길을 빌려주기만 한다면 싸움은 없을 것이오. 이런 의사를 전하기 위하여 진작 동래에서 한성에 이르기까지 수차 한음 선생을 만나기를 원했으나 만날 길이 없었소이다."

"그렇다면 이제 그 뜻을 알았을 것이니 퇴군할 생각이 있소?"

"그것은 안 될 것이오."

"안 되다니? 그 것은 무슨 이유이오?"

"우리는 전진이 있을 뿐 물러설 줄은 모르오. 그러니 길만 비켜주시오. 길만 터주신다면 싸움은 절대로 없을 것이오."

"그런 주장을 한다면 우리와의 화친은 있을 수 없을 것이오."

"나는 화친을 하자고 온 것이 아니라 조선국에 길을 비켜달라고 청하기 위해 온 것이오."

"오늘날까지 일본이 언약을 어긴 것이 부지기수였소. 하루속히 군사를 물리시오. 군사를 물리지 않는다면 두 번 다시 당신네와 얘기를 나누지도 않을 것이니 그리 아시오."

담판이 깨지고 두 특사의 언성이 거칠어지자 박성경은 현소를 죽이려 하였다. 이 눈치를 챈 한음이 얼른 눈짓하여 박성경을 제지했다. 그리고 눈을 부릅뜨면서 현소를 향해,

"여보, 현소 대사. 우리는 이곳 평양까지 와 있으나 이곳에서 멀지 않은 곳에 압록강이 있소이다. 그 압록강을 건너면 명나라요. 명나라와 우리는 형제지국이오. 명나라에서는 일본의 조선국 침입을 가만히 보고 있지 않을 것이오. 우리는 곧 연합군을 만들 것이니 귀국이 이처럼 화의에 응하지 않는다면 멀지 않아 후회할 날이 올 것이오."

이렇게 타이른 다음 밧줄을 끄르라고 명했다. 두 배는 반대 방향으로 향해 강가로 노를 저어나갔다.

행궁에서는 이덕형이 왜장과 화친을 맺고 돌아오기를 은근히 기대하고 있었다. 이덕형이 행재소로 들어섰다.

"무사히 돌아왔구려. 그래 왜장과의 타협은 어찌 되었소?"

선조가 반가이 맞으며 급히 물었다.

"전하, 그들은 우리더러 명나라로 들어갈 길을 터달라고 하였나이다."

"길을 터달라니?"

"이유인즉 명나라에 조공을 드리러 간다 하였으나 그것은 구실에 불과할 뿐, 실은 명나라를 위협할 속셈임이 분명하옵니다."

"저런 발칙한 것들, 저희가 무슨 힘으로 감히 대국을 엿본단 말인가."

"그렇지 않고서야 조공을 드리러 간다는 자들이 어찌하여 수십만 군사를 끌고 왔겠나이까?"

"흐음, 섬나라 것들이 기고만장해도 분수가 있어야지 ……."

"그래서 말씀이온데 하루빨리 명나라에 이 사실을 고하고 원병을 청하는 것이 상책인 줄 아뢰옵니다."

중신들은 숙의한 끝에 이덕형을 이번에는 명나라 요동으로 들여보내어 원병을 청하기로 하였다.

선조는 세자만 남겨놓고 우선 중전과 왕자들을 함흥성으로 은밀하게 출발시켰다. 세자는 좌의정 윤두수와 함께 장차 평양성을 지키도록 남겨 놓았다. 세자를 남겨놓은 것은 평양 백성들의 반발을 수습하기 위한 계산이 포함되어 있었다.

10. 임진왜란, 이순신, 그리고 선조

  이순신이 예측했고 선조가 우려했던 대로 1592년(선조 25년) 여름 4월 임진왜란이 발발했으며, 4월 30일 선조는 한성을 버리고 북쪽으로 몽진 길을 떠났고, 이에 비해 전라 좌수사 이순신은 그 바로 다음 날 휘하의 모든 장수와 전선들을 불러 모았다. 전선은 24척이었다. 나흘 후 경상도 쪽 당포로 가보니 경상 우수사 원균은 전투에서 패해 전선 73척을 모두 잃어버렸다. 5월 7일 마침내 이순신은 옥포(경남 거제시 옥포동)에서 왜선 30여 척을 파괴하는 대승을 거두었다. 조선군이 왜군을 상대로 거둔 첫 번째 대승이었다. 이때 선조 일행은 평양에 머물고 있었다.

  이순신은 을사사화가 일어나던 1545년 을사년 3월 8일 한성 건천동에서 태어났다. 그러나 가정 살림이 어려워 어머니 변씨의 친정이 있는 충청도 아산으로 이사를 갔다. 그래서 이순신은 어린 시절을 아산에서 보냈다. 어려서는 두 형들을 따라 학문을 익히며 문신의 길을 꿈꿨으나 나중에는 무인의 길을 걷기로 결심하게 된다. 이순신은 스무 살

무렵 방진의 딸과 결혼했다. 장인 방진은 보성 군수를 지낸 무장이었다. 이순신이 무장의 길을 택한 것은 장인의 영향이 있었을 것으로 추측할 수 있을 것이다.

　이순신은 스물두 살 때 본격적으로 무예를 배우기 시작해 스물여덟 살 때 처음으로 훈련원별과에 응시했지만 말을 타다가 떨어져 왼쪽 다리가 부러지는 부상을 당해 낙방하고 4년 후인 1576년(선조 9년)에 무과에 급제하여 함경도 최전방의 권관직을 맡게 된다. 오늘날의 초급 장교다. 이후 이순신은 훈련원 봉사, 충청도절도사 군관, 함경도절도사 군관 등을 지내며 사복시 주부에 올랐고, 1586년(선조 19년) 북방의 오랑캐들이 난리를 일으키자 조산보 병마만호가 되어 최전방으로 파견되었다. 이듬해 8월에는 두만강 내의 녹둔도둔전관을 겸하게 되는데 사정을 돌아본 병마만호 이순신은 이 섬의 위치가 고립되어있으니, 군사를 증원해 줄 것을 함경도 절도사 이일에게 요청했으나 거절당했다. 이후에 이순신이 우려한 대로 오랑캐가 급습하는 바람에 큰 피해를 다했다. 그러자 이일은 그 책임을 이순신과 이경록에게 덮어씌웠다. 두 사람은 파직당하고 백의종군 명을 받는다. 이일은 그 후에도 원균을 총애하며 이순신의 앞길을 막았다. 후일 이일은 임진왜란 당시 상주에서 왜적에게 대패하고 도망을 치는 인물이다.

『조선왕조실록』을 보면 선조는 임진왜란이 터지기 몇 해 전부터 왜란의 조짐을 경계하고 있었다. 선조가 1589년(선조 22년) 1월 21일에 비변사에 불차채용의 특명을 내린 것은 그 때문이었다. 불차채용이란 서열에 관계없이 능력 있는 장수들을 뽑아 등용하는 것을 말한다. 그리하여 비변사의 3정승과 병조판서 등이 각자 대여섯 명씩 후보를 써냈다. 이때 영의정 이산해와 우의정 정언신이 각각 이순신을 추천했다. 이순신이 중복 추천을 받은 것이다. 여기서 특히 주목해야 할 것은 정언신의 추천이다. 정언신은 이미 이순신을 직접 겪어서 이순신의 능력을 잘 알고 있었기 때문이다.

정언신은 1566년(명종 21년) 류성룡과 함께 문과에 급제했고 사헌부 장령, 동부승지 등을 거쳐 함경도 병사로 나가 녹둔도에 둔전을 설치하고 군량미를 비축했다. 이 무렵 이순신과 처음 만남이 있었다. 이후 한성으로 돌아와 대사헌, 부제학 등을 지냈고, 1583년(선조 16년) 오랑캐 니탕개가 침입하자 함경도 순찰사로 임명되어 이순신, 신립, 김시민, 이억기 등을 거느리고 격퇴하였다. 이후 함경도 관찰사로 임명되어 변경의 방비를 강화했고 그 공으로 병조판서에 올랐다. 마침 1589년(선조 22년) 정언신은 우의정으로 있으면서 이순신을 천거한 것이다. 1591년(선조 24년) 2월 이순신은 진도 군수로 임명되었다가 곧바로 전라 좌수사로 특별 승진을 했다.

"이천, 이억기, 양웅지, 이순신을 남해의 요충지로 보내 공을 세우게 하라."

선조가 특명을 내렸다. 선조가 이런 결정을 내리는 데는 류성룡의 이순신 천거가 큰 몫을 했다.

이순신을 특진시켜 전라 좌수사로 임명하자 사헌부와 사간원에서는 크게 반발했다. 아무리 인재가 없다고 하더라도 그것은 지나친 인사라는 것이었다. 물론 이때 선조가 이순신이라는 인물 자체를 만난 적도 없고 알 수도 없었다. 하지만 서둘러 인재들을 뽑아 전면에 배치해야 한다고 주장하고 지시한 것은 선조 자신이었다. 이 당시 나라를 운영하던 선조는 불안을 느꼈던 것이다. 주변 정세의 움직임이 좋지 않았기 때문이다. 여러 차례 이어진 대간들의 이순신 반대 상소에 대한 선조의 답변에서 그 같은 절박감을 읽을 수 있다.

지금은 일반적인 규칙에 구애될 수 없다. 인재가 모자라 그렇게 하지 않을 수 없다. 그 사람이면 충분히 감당할 터이니 관작의 고하를 따질 필요가 없다. 다시 논하여 그의 마음을 동요시키지 말라.

적어도 이순신을 있게 한 데 있어 선조의 이 같은 결정이 있었다는 사실을 지워버려서는 안 된다. 선조가 이때 내린 결정의 진가는 1년 뒤에 임진왜란이 일어나자마자 극적으로 드러나게 된다.

선조가 한성을 버리고 달아난 4월 29일 밤, 전라 좌수사 이순신은 부하 장수들을 불러 모았다. 전선은 24척이었다. 그 나흘 후 경상도 쪽 당포로 갔다. 경상 우수사 원균은 전투에 패하여 전선 73척을 모조리 잃었다. 5월 7일 마침내 이순신은 옥포에서 왜선 30여 척을 파괴하는 대승을 거두었다. 조선의 관군이 왜군을 상대로 거둔 첫 번째 대승이었다. 조정에서는 5월23일 이순신에게 가선대부의 벼슬을 내렸다. 종2품의 벼슬이다. 이때 선조 일행은 평양에 머물고 있었다. 그러나 평양도 얼마 안 가서 함락 위기에 놓인다.

6월 11일, 마침내 선조도 평양성을 떠나기로 했다. 대가는 안주를 거쳐 13일에는 영변에 도착하였다. 가는 길목마다 백성들은 이미 피난하여 집들은 비어 있었고 선조를 호종하는 신하들도 이제 몇 십 명에 지나지 않았다.

평양성에 남아있기로 한 세자 일행도 뒤따라와 선조의 어가와 합류했다. 남아있던 윤두수가 권유하여 세자도 어가를 쫓도록 한 것이었다. 아무래도 이 위험한 곳에 세자를 머무르도록 하는 것이 신하 된 도리가 아님을 윤두수는 잘 알고 있었다.

영변에서 세자와 합류한 선조는 따르는 신하들을 불러 앞으로의 대책을 논의했다.

"경들은 들으시오. 이곳이 영변이라 하니 어찌 함흥성으로 간다는 것이 영변 땅에까지 왔단 말이오? 과인은 함흥으로 가겠다고 하지 않았소?"

영의정 최흥원을 비롯한 신하들은 서로 눈짓만 할 뿐 입을 다물고 있었다.

"왜 말이 없소. 어서들 말해보오. 장차 어찌하자는 게요?"

이항복이 앞으로 나서며 두 손을 공손히 모았다.

"하오나 전하. 함경도 땅은 외길이옵니다. 만약 적이 함경도 땅으로 쳐들어온다면 두 손 두 다리가 묶이는 경우와 같사옵니다. 지금 명나라에 구원을 청하고 있는 중이온데 전하께서 함경도 산골에 계시면 명나라에서 구원병을 보내

줄 경우 누가 있어 원군을 맞아들이겠습니까? 하오니 의주로 가셨다가 명나라의 원군이 도착하면 중신들과 더불어 친히 그들을 맞으시고 사기를 북돋아 주심이 옳은 줄로 아뢰옵니다.”

이항복의 이러한 주장은 날카로운 예지에 의한 판단이었다. 그의 예상대로 뒤에 왜군이 함흥을 점령하였다. 만약 선조 일행이 함흥으로 갔다면 선조 일행과 앞서간 중전과 왕자 일행 모두가 왜적의 포로가 되었을 수도 있는 일이었다. 이항복의 판단이 나라를 위기에서 구한 것이다. 잠자코 듣고 있던 선조는 이항복의 말을 옳게 여겨 그렇게 하라고 윤허를 내리기는 했으나, 그에 앞서 함경도로 떠난 중전과 왕자들에 대한 걱정이 또 태산 같았다.

“병조판서의 말이 옳으오. 그럼 의주로 길을 재촉합시다. 그러나 함경도로 떠난 중전과 왕자들은 어떻게 한다?”

선조가 한숨을 크게 내쉬었다.

“전하, 소신이 달려가서 모시고 오겠나이다.”

운산 군수 성대업이 앞으로 나서며 말했다.

“오! 네 누구이기에……?”

“예, 소신은 운산 군수 성대업이옵나이다.”

“으음, 그러면 곧 출발하여 중전과 왕자들을 데리고 오도록 하라!"

성대업은 말을 달려 평양으로 되돌아갔고, 그곳으로부터 수소문하여 평안도 덕천에서 중전과 왕자를 만났다. 그리고 곧바로 의주를 향하여 지름길을 따라 발길을 재촉하였다.

밤낮을 가리지 않고 북행을 한 중전 일행은 16일 아침 박천에 이르러 상감의 대가와 합류하게 되었다.

"상감마마!"

"아바마마!"

중전과 왕자들은 선조 앞에 엎드려 하염없이 눈물을 흘리며 울었다.

"오! 중전…… 헌데 강원도로 간 임해군과 순화군은 어찌 되었을까?"

선조는 강원도로 간 두 왕자를 걱정하며 눈앞에 있는 중전과 왕자들의 어깨를 어루만지며 위로하였다. 이때 선조의 행차가 곧 떠나야 했기에 먼 길을 달려온 중전과 왕자들은 미처 쉴 틈도 없이 또 북행을 서둘러야 했다. 신하들은 이 모습을 보고 모두 눈물지었다.

이날 저녁, 날이 어두워 오고 있어 서둘러 어가가 출발해야 했다. 따르는 신하들은 우의정 류성룡과 병조판서 이항복 등 불과 10여 명에 불과했다. 이항복은 박동량과 함께 어가 앞에 서서 길을 안내하였다. 17일에는 정주에서 하룻밤을 유하고, 대가는 18일 한낮에 곽산에 이르렀다. 곽산에서 좀 쉬려는데 반가운 소식이 왔다.

"전하! 명나라 요동총병(遼東總兵) 조승훈(組承訓)이 군사 4천여 명을 거느리고 지금 운흥관에 이르러 있사옵니다."

"뭣이라고? 명나라의 구원병이 왔단 말이냐?"

"예, 전하, 그러한 줄 아옵나이다."

"이덕형의 공로로다. 장한지고······."

선조의 얼굴에 모처럼 환한 웃음이 떠올랐다. 이날 저녁에 대가는 선천을 지나 19일에 거련관에 도착했고, 20일에는 용천에 이르렀다. 용천에서 하룻밤을 묵은 대가는 22일 마침내 의주에 도착했다.

"이곳에서 압록강이 얼마나 되는고?"

"예, 지척인 줄 아옵나이다. 전하."

선조의 물음에 옆에 있던 이항복이 말했다. 이항복은 우선 동헌을 행궁으로 사용하기 위하여 수리를 하도록 지시하고, 신하들이 거처할 가옥들을 보수하도록 했다. 이런 소문이 퍼져나가자 선조가 의주에 오래 머무를 뜻이 있음을 알았던지 피난 갔던 관리와 백성들이 하나둘씩 모여들기 시작했다. 이항복은 다음날로 선조에게 아뢰어, 대사성 윤승훈을 뱃길로 삼남 지방에 보내어 선조가 있는 행재소의 위치를 알리게 하고, 모든 보고와 연락을 의주에 하도록 명하였다.

의주에 도착한 바로 그날부터 선조는 명나라 장수들에게 자신의 요동행을 미리 말해두라고 신하들에게 재촉하기 시작했다. 신하들은 사정을 모르는 명나라 장수들이 혹시라도 중간에서 방해하는 사태가 벌어질지도 모르니 좀 더 기다리다가 상황이 위급해진다면 그때 가서 말해도 늦지 않다고 만류했다.

"만약 일이 임박해서 대처하려고 하면 위험이 눈앞에 닥쳐 미처 강을 건너가지 못할 염려가 있을 듯하다."

선조의 마음은 조급하였다.

그러나 이는 명나라의 입장을 전혀 모르고 하는 말이었다. 명나라 장수들은 혹시라도 조선의 피난민들이 압록강을 건너올까 봐 이미 배를 모두 명나라 쪽에 갖다 놓을 정도였다.

다음날에도 요동으로 피란할 준비를 서두르라는 전교가 내려왔다.

"요동으로 건너가면 낭패이옵니다."

예조판서 윤근수가 말했다.

"아직은 남은 영토가 있으니 두루두루 피해 다니다 보면 수복할 날이 올 것이옵니다."

좌의정에서 해직된 류성룡도 요동 피난은 안 된다고 눈물로써 호소했다.

"요동으로 가든지 다른 곳으로 가든지 간에 부질없이 의논만 할 것이 아니라 속히 결정하여 그때를 당해서 갈팡질팡하는 폐단이 없도록 하라."

선조가 말했다.

"당초에 요동으로 가자는 계책이 어디서 나왔는지 모르겠습니다. 지금 비록 왜적들이 가까이 닥쳐왔지만 하삼도[1]가 완전하고 강원, 함경 등도 병화[2]를 입지 않았는데, 전하께서는 수많은 신민을 어디에 맡기시고 굳이 필부의 행동을 하려고 하십니까."

대신들이 연이어서 말했다.

"명나라에서 대접하여 하락할지의 여부도 예측할 수 없으며, 일행 사이에 비빈[3]도 뒤떨어져 갈 수가 없는데, 요동

---

1 하삼도(下三道): '충청·전라·경상'의 3도를 이르는 말. 삼남(三南).
2 병화(兵禍): 전쟁으로 인한 전화(戰禍).

사람들이 무례하게 굴면 어떻게 저지하시겠습니까. 비록 요동에 도착한다 할지라도 그곳의 풍토와 음식은 또 어떻게 견디시렵니까. 생각하면 눈물이 절로 흐릅니다. 요동으로 가는 문제는 신들은 결코 다시 의논할 수 없습니다."

당시 충청도와 전라도는 왜적의 피해를 보지 않은 곳이 많았다. 그래서 한때 배를 타고 남쪽으로 피신하는 방안이 요동행의 대안으로 논의되기도 했다. 요동행은 결국 신하들의 반대로 좌절되었기 때문이다.

한편 6월 27일에 대사헌 이덕형이 명나라에서 돌아와 상황이 위급하면 요동에 들어와도 좋다고 명나라가 허락했다는 것을 선조에게 보고했으나 그 후 명나라 원군이 본격적으로 압록강을 건너오면서 전황이 다소나마 유리하게 바뀌자 요동행은 없었던 일이 되었다.

당시 의주에 머물면서 선조가 이렇게 시를 썼다.

관산에 뜬 달을 보며 통곡하노라
압록강 바람에 마음 쓰리도다

---

3 비빈(妃嬪): 왕비와 왕세자의 부인.

조정 신하들은 이날 이후에도

서인이니 동인이니 나뉘어 싸움을 계속할 것인가

痛哭關山月(통곡관산월)

傷心鴨水風(상심압수풍)

朝臣今日後(조신금일후)

寧腹各西東(영복각서동)

선조의 한탄에도 불구하고 유감스럽게도 임진왜란의 와
중에도 붕당은 더욱 격화되고 공정한 의론은 실종되고 만
다.

11. 명나라 참전

　임진왜란 발발 초기 명나라의 요동에서는 명의 조정에 전하기를 조선과 일본이 서로 짜고 조선이 침략을 당한 것처럼 거짓말을 하고 있다. 조선의 국왕과 병사들은 함경도로 피해 있고, 다른 사람을 가짜 왕으로 내세워 침략을 받았다고 말은 하지만, 실은 조선이 일본을 위해 길을 인도하는 역할을 하고 있다고 했다. 이러하였으니 명나라 조정에서는 헷갈릴 수밖에 없었다. 조선이 그럴 리 없다고 생각하면서도 열흘 만에 한성이 함락되었다는 것은 아무리 조선의 군사력이 허술하다 해도 납득하기 어렵기 때문이었다. 하여 명나라 조정에서 갑론을박[1]이 진행되었다.

　그렇다고 마냥 내버려 둘 수도 없는 사태였다. 혹시라도 조선이 붕괴되고 일본군이 압록강을 넘는다면 그것은 명나라에는 치명적인 결과를 초래할 수 있기 때문이었다. 그래

---

1 갑론을박(甲論乙駁): 서로 자기주장을 내세우고 상대방의 주장을 반박함.

서 병부상서 석성이 조선의 실상을 확인할 목적으로 최세신과 임세록을 차관으로 임명해서 조선에 파견했다. 여기서 차관이라 함은 특수 임무를 맡겨 임시로 파견하는 관리를 말한다. 이들 명나라의 차관은 6월 5일에 평양에 들어왔다. 요동의 보고는 거짓으로 드러났고 명나라는 파병 계획을 세우기 시작했다. 명나라의 의심을 벗는 데는 윤두수, 이항복을 비롯한 조선 관리들의 노력이 한몫을 했다. 그들은 지원병 파견을 호소하면서 명나라의 파병이 명을 위해서도 절대적으로 중요하다는 논리를 설파했다.

1592년 12월이 되면서 명나라 조정에서 파견한 군사들이 속속 압록강을 건너 조선으로 들어오기 시작했다. 이듬해 1월이 되자 압록강을 건너온 명나라 군사의 수가 점점 늘어났고 강을 건넌 명군은 평양을 향해 남진을 시작했다. 1월 9일 명군이 마침내 평양성을 탈환했다는 소식이 의주에 있는 조정에 전해졌다. 이날 선조는 명나라 장수 두 명을 맞이하여 명나라 황제에게 감사드리는 표시로 북쪽을 향해 다섯 차례 절을 하는 오배례를 행하였다. 다음날 명나라의 제독 이여송(李如松)은 부하를 보내 하루 만에 성공적으로 끝낸 평양 탈환 작전을 자랑스럽게 전했다.

"평양의 왜적을 이미 모두 죽여 물리쳤으니 국왕은 안심하기 바란다."

이여송이 전해온 소식이었다.

평양성 탈환이 갖는 전략적 의미는 너무나도 컸다. 고니시 유키나가의 주력 부대는 한성으로 도주했다. 게다가 평양은 당시로서는 함경도로 가는 거의 유일한 길목이기도 했다. 명군의 전격적인 평양 탈환 작전의 성공으로 함경도에 주둔하며 조선의 왕자들을 포로로 잡는 등 기세를 올리고 있던 가토 기요마사의 부대는 하루아침에 퇴로가 차단되어 고립이 되어 버렸다.

12. 빛나는 행주대첩

　권율은 임진왜란 초에 광주 목사로 있으면서 군사를 일으켜 공을 세워 전라도 순찰사가 되어 있었는데 그 뒤에 명군과 합세하여, 한성을 수복하기위해 군사를 이끌고 수원성에 있다가 1593년(선조 26년) 2월에 1만여 명의 병력으로 행주산성에 집결하였다. 권율은 조방장 조경을 시켜 성을 수축하게 하고 목책을 만들어 적의 공격에 대비토록 하였다. 왜적은 총퇴각을 간행하여 한성 부근으로 집결할 때이므로 그 병력이 대단하였으며, 더욱이 1월 말에 벽제관 전투에서 이여송이 이끄는 명군이 크게 승리한 직후여서 사기가 왕성한 상태였다.

　2월 12일 새벽 왜군은 3만여 명의 군사로 내습하여 행주산성을 여러 겹으로 포위하고 3진으로 나누어 종일토록 9차례나 맹공을 가해왔다. 권율은 갖은 방법으로 왜군에 대항하여 싸움을 계속하였으며, 심지어 부녀자들까지 동원되어 관민이 함께 일치단결하여 싸웠다. 이때 부녀자들이 움직이기 쉽게 하기 위하여 긴 치마를 잘라 짧게 만들어 입고는 물을 날라 적이 불을 지른 목책의 불을 끄고, 돌을 날라 석전으로 적에게 큰 피해를 입혔다. 그리하여 마침내 왜적은 큰 타격을 입고 퇴각을 했는데, 권율은 그 나머지를 추격하게 하여 130여 적병의 목을 베었으며, 적장 우키타 히데이에, 이시다 미쓰나리, 깃카와 히로이에 등에게도 큰 부상을 입혔다. 이 행주대첩은 한산도대첩, 진주대첩과 더불어 임란의 3대 첩이라 불린다. 권율은 이 공으로 도원수가 되었다. 권율은 탁월한 장군이었을 뿐만 아니라 마음이 맑고 깨끗하며 욕심이 없는 인품을 가진 사람이었다.

한번은 이런 일이 있었다. 권율이 사위 이항복으로 인하여 선조임금의 총애를 받게 된 일이었다. 이항복은 원래 해학이 뛰어난 사람이었다. 어릴 때부터 주위 아이들 웃기기를 좋아했는데, 그 기질은 성인 되고 고위 벼슬을 할 때도 변함이 없었다. 이항복이 병조판서이고 장인 권율이 도원수로 있을 때였다. 이항복이 장인 권율을 곤경에 빠뜨렸다가, 결과적으로는 장인을 돋보이게 한 일이었다. 이항복의 장인 권율은 앞에서 보았던 이항복이 어릴 때 살구나무 사건으로 만났던 권철의 막내아들이었다. 권율의 위로는 네 명의 형님이 있었다. 흔히 막내가 그러하듯이, 권율은 위로 많은 형님이 있는 관계로 젊은 시절에는 집안일이나 벼슬에 거의 관심을 두지 않고 체면·관습·격식 같은 것에 얽매이지 아니하고 자유롭게 살아왔다. 이항복을 사위로 얻을 때까지도 권율은 벼슬에 뜻이 없어 과거도 보지 않았다. 그저 자유롭게 조선 팔도의 명승지 유람하기를 좋아했다. 그랬던 권율이 아버지 권철 대감의 죽음을 기점으로 완전히 사람이 달라졌다. 아버지의 임종을 지켜보면서 크게 깨달은 바가 있었다. 아버지 권철 대감은 숨을 거두면서, 방황하고 있는 막내에 대한 깊은 걱정을 유언으로 남기셨다. 이때 권율은 자신의 불효에 대해 가슴이 미어지는 후회를 했다. 권율은 부친의 삼년상을 마치고 곧바로 금강산에 들어가 외부와의 연락을 일절 끊고 2년을 꼬박 책과 씨름하여 문과에 응시하여 합격하였다. 권율이 무과가 아닌 문과에 급제했다는 사실도 눈여겨볼 일이다. 이때의 권율의 나이는 무려 46세였다. 거의 예가 없을 정도로 늦은 나이였다. 이미 이항복을 사위로 맞은 8년 뒤의 일이고, 사위 이항복보다 2년 늦은 급제이니 과거 급제로 따지면 사위가 2년 선배인 셈이었다.

원래 군신들이 서로 모여 조회하는 때는 아무리 더운 여름이라도 의관속대를 정식으로 하는 것이 관례이다. 의관속대란 격식에 맞는 옷을 입고 관을 쓰고 띠를 두른 복장을 말한다.

어느 여름날 이항복이 대궐에 들어가 선조를 배알하게 되었을 때, 장인 권율도 도원수로서 같이 들어가게 되었다. 그런데 이항복은 장인에게 권하기를 날이 너무 더우니 겉에 융복만 입고 속은 그냥 여름 배 옷 한 벌을 입고 들어가시라 하였다. 융복이란 군복으로 무신이 입었으며 전쟁이 일어났을 때나 임금을 호종할 때는 문신도 입는 전시 복장이었다. 사람 좋은 권율은 사위 말만 믿고 잠방이에다 맨발에 커다란 쇄자 신발을 신고 겉에만 군복을 갖추어 입고 대궐에 들어갔다.

이때 병조판서로서 정식 조복을 갖추었던 이항복은 선조에게 날이 너무 더우니 조복이나 융복을 벗고 평상시와 같이 대하자고 선조에게 아뢰었다. 선조는 병조판서 이항복의 생각이 좋은 뜻이라 여겨서 신하들에게 오늘은 날이 더우니 조복을 벗으라 하였다. 도원수 권율은 당황스러웠지만 할 수 없이 융복을 벗고 큰 신발인 쇄자까지 벗었다. 맨발에 짧은 잠방이만 입은 도원수가 태연하게 앉아있자 오히려 민망해진 쪽은 선조였다. 선조가 도원수 권율에게 긴 옷은 없느냐고 물었다. 이때 이항복이 선조 앞으로 한 걸음 나아가 이렇게 아뢰었다.

"도원수는 집이 가난하여 여름에는 항상 짧은 옷만 입고 지낸다고 하옵니다."

이는 장인을 망신시키려는 것이 아니라, 당시 전쟁 중에도 다른 신하들은 사치하면서 여름에 모시나 명나라 비단으로 몸을 감는 데 비해, 장인만은 검소하다는 것을 보여주려고 일부러 한 일이었다.

과연 얼마 후 선조는 도원수 권율을 칭찬하면서 좋은 옷 일습을 하사하였다. 권율은 사위 덕에 전하로부터 옷 한 벌을 잘 얻어 입었다고 유쾌해 하였다.

1592년(선조 25년) 임진왜란 발발 당시 경상 좌수사 박홍, 경상 우수사 원균, 전라 좌수사 이순신, 그리고 전라 우수사 이억기가 남해안을 방어하고 있었다. 그런데 일본군이 부산 앞바다를 침입해 오자 해당 지역의 사령관인 박홍은 그만 수군을 버리고 언양으로 달아났고, 원균도 전함 수십 척을 잃고 남해도 쪽으로 도피해 버렸다.

이런 가운데 전라 좌수사 이순신은 5월 7일 첫 해전인 옥포 해전에서 승리를 거둔 이후 이어서 함포(경남 마산), 적진포(경남 고성) 등에서 적선 40여 척을 파괴하는 전과를 올렸다. 일본군은 크게 당황했다. 왜군은 남해안과 서해안을 통해 군수 물자를 보급하려던 계획을 변경해 7월 하순부터 진해, 고성을 점령한 다음 진주를 거쳐 전라도로 진출하려고 시도했다. 게다가 그사이에도 일본 해군은 남해안에서 연이어 이순신이 이끄는 조선 수군에게 참패당했다. 왜군은 7월 8일에는 한산도 앞바다에서 이순신에게 군선 66척을 잃는 대패를 당해야 했다.

그만큼 육로를 통한 전라도 진출은 절박해지고 있었다. 마침내 일본군은 10월 10일 진주성에 대한 대대적인 공격을 감행했지만, 진주 목사 김시민이 중심이 된 군민1은 왜군의 기도를 좌절시켰다.

북쪽에서 명군이 남하하고 전라도나 해상을 통한 우회 침투가 차단되자 일본군의 전황은 점차 불리해졌다. 결국 1593년(선조 26년) 4월에는 한성까지 내주고 경상도 해안 일부만 장악한 채 명군과 강화교섭에 나서지 않을 수 없게 되었다. 강화란 서로 전쟁 상태에 있던 나라가 전투를 중지하고, 조약을 맺어 평화로운 상태로 되돌아가는 것을 말한다. 이때부터 사실상 전쟁은 소강상태에 접어들게 된다. 무엇보다 명나라가 전쟁보다는 일본과의 협상을 통한 종전을

---

1 군민(軍民): 군인과 민간인.

원했기 때문이다.

한편 조정에서는 삼도의 수사들이 통제에 혼란을 겪고 있기에 삼도 수군통제사를 신설해 이순신으로 하여금 겸직하도록 하였다. 그런데 전쟁이 소강상태인 국면에서 삼도 수군통제사 임명은 정치를 모르는 군인 이순신에게는 독이었다. 선조의 개입이 시작되었고 원균의 질시가 이어졌다. 어찌 보면 이순신은 전투 현장에서만 빛나는 인물이었는지 모른다.

당시 선조는 서두르고 있었다. 왜군이 순순히 바다를 건너 자기 나라로 돌아가게 해서는 안 된다는 것이었다. 반면에 이순신은 적의 계략에 빠지는 것을 경계했다. 왜군이 이순신을 함정에 빠뜨리려고 가토 기요마사가 이끄는 군대가 언제 어디로 가는지에 대한 거짓 정보를 흘렸다. 그러자 조선 조정에서는 그걸 믿고 바로 그곳에 가서 싸우라고 이순신에게 명령을 내렸다. 그런데 이순신이 모든 여건을 종합해 분석해보니 이것은 왜적의 함정임이 분명했다. 그리하여 적의 함정에 빠지지 않기 위해서는 어쩔 수 없이 조정에서 내려온 명령을 어기고 출병하지 않았다. 이순신의 판단은 옳았다. 적군의 함정에 빠지지 않았기에 당연히 아군의 피해는 하나도 없었다. 하지만 이런 사정을 잘 아는 원균이 이 좋은 기회를 놓칠 리가 없었다. 원균의 모함으로 이순신은 삼도 수군통제사에서 파직되고 한성으로 압송되었다. 1597년(선조 30년)의 일이다.

서인 윤근수가 주도한 이순신을 처단해야 한다는 주장이 급격하게 힘을 얻어가고 있었다. 선조도 격분했다. 실제로 선조는 이순신을 죽이려 했다. 선조의 기세로 보아 이순신을 추천한 동인 류성룡도 변호하기 힘들었다. 이제 이순신의 목숨은 시간문제처럼 보였다. 이때 중추부 판사 정탁이 홀로 나섰다.

"전하! 그 사람은 명장이오니 죽여서는 아니 되옵니다. 군사상 문제는 전투 현장에서 지휘하는 장수가 아닌 다른 사람이 판단하기 어려운 부분이 있사옵니다. 생각하건대 그가 짐작하는 바가 있어서 나가 싸우지 않은 것이라 생각되옵니다. 너그러이 용서하시어 훗날을 대비토록 하여주십시오."

정탁의 목숨을 건 간언에 이순신의 형벌은 사형에서 한 차례 고문 후에 삭탈관직2하고 감옥에 가는 것으로 감형되었다.

---

2 삭탈관직(削奪官職): 죄지은 사람의 벼슬과 품계를 빼앗고 벼슬아치의 명부에서 이름을 지우던 일.

이리하여 이순신은 살아나서 감옥에 가고, 출옥 후에는 권율의 휘하에 들어가 백의종군해야 했다. 단수가 높은 류성룡이 직접 나서지 않고 같은 동인인 정탁을 시켜서 간접적으로 이순신을 구명한 것으로 추측할 수 있는 대목이다. 만약 류성룡이 이순신의 구명을 직접 건의한다면 서인들이 신경질적인 반응으로 들고 일어나 일을 그르칠 것으로 판단했기 때문이었다.

류성룡의 이런 깊은 속내를 알아차렸던 이순신은 감옥에서 나오자 곧바로 류성룡을 찾아갔다. 두 사람은 밤을 새워 이야기를 나누다가 닭이 울어서야 이순신이 돌아갔다.

한편 자신의 계략대로 이순신을 내몰고 삼도수군통제사에 오른 원균은 7월 18일 일본군에 대패하여 배를 모두 잃었고 이억기도 순직했다. 조정은 발칵 뒤집어졌다.

"지금에 와서 무슨 대책이 있겠사옵니까? 오직 한 가지 계책이 있다면 이순신을 다시 삼도수군통제사로 임명하여 그의 수완과 능력을 믿어보는 수밖에 다른 길이 없을 줄 아옵니다."

병조판서 이항복이 어전에 국궁하여 아뢰었다.

옆에 있던 유도대장 김명원도 이순신의 재등용을 촉구하고 나섰다.

"병조판서의 말이 옳은 줄 아옵니다. 통촉하옵소서 전하."

이런 판국에서는 선조도 다른 생각을 할 수 없었고 중신들도 동인과 서인 가릴 것 없이 이의가 있을 수 없었다.

"이순신을 곧 삼도수군통제사에 임명하도록 승지는 교지3를 써라!"

교지를 받든 양호가 말을 달려 권율 밑에서 백의종군4하고 있는 이순신이 있는 진주성에 도착한 것은 8월 3일이었다. 이때 전선을 시찰하고 돌아온 이순신은 선조가 있는 북쪽을 향하여 네 번 절을 올리고 교지를 받들었다.

"이 통제사, 그간 고생이 많으시었소. 생각하면 모든 일이 원통하겠으나……."

"그런 말씀 마십시오. 나라를 구하는 일이 선결이거늘 나한 사람의 원통함이 무슨 상관이겠소."

권율과 이순신은 오래 손을 마주 잡고 눈물을 글썽이었다. 그 눈물에는 여러 가지 뜻이 담겨 있었다. 이순신은 교지를 받은 날로 진주성을 출발하여 순천, 낙안, 보성을 거

---

3 교지(敎旨): 조선 때, 임금이 4품 이상의 벼슬아치에게 주던 사령.
4 백의종군(白衣從軍): 벼슬 없이 군대를 따라 싸움터로 나아감.

쳐 회령포(전남 장흥 회진항)에 도착했다. 이곳 회령포에는 경상 우수사 배설이 칠천도에서 왜적에게 대패한 원균의 군선과 경상우수영의 군선 중 남은 배 12척을 끌고 도망 와 있었다.

"남은 배는 모두 12척뿐이옵니다."

배설은 이순신을 보자 면목이 없다는 듯 고개를 들지 못 했다. 2백여 척의 크고 작은 군선과 위용을 자랑하던 거북 선을 모두 잃고 이제 겨우 판옥선 12척의 초라한 함대가 되고 만 것이다. 그마저도 부서지고 조각나서 당장 움직일 수 있는 배는 고작 8척뿐이었다.

이순신은 12척의 군선을 거느리고 진도 벽파진(전남 진 도군 고군면 벽파리)으로 나아가 진을 친 다음, 군사를 훈 련시키고 망가진 군선을 보수하기에 여념이 없었다.

10월 14일, 이순신은 사랑하던 셋째 아들 이면의 전사 소식을 듣게 된다. 왜적들이 첩자의 안내를 받아 이순신의 고향인 아산을 급습하여 민가에 불을 지르며 극심한 행패 를 부렸다. 이에 이면이 분연히 일어나 의병을 모집하여 왜 적과 싸우다가 그만 전사하고 만 것이다.

자식을 잃은 아비의 가슴이 장군이라고 다를 수 없는 이 치. 이순신은 비통 속에 며칠 동안 잠을 이루지 못했다.

13. 전쟁은 끝났지만

1592년(임진년)으로부터 1598년(무술년)에 걸친 7년 전쟁을 일으킨 장본인인 도요토미 히데요시가 몇 달째 병상에 누워있었다. 그가 도쿠가와 이에야스(德川家康)를 불러들였다.

"모든 일을 그대에게 부탁하오. 그리고 내 아들을 잘 보필하여 주시오. 또 한 가지는……."

"예, 또 한 가지는 무엇입니까?"

"조선에 출병 중인 군사를 모두 철병하시오."

도요토미 히데요시가 숨을 몰아쉬면서 말했다.

1598년 9월. 도요토미 히데요시는 63년의 생을 마감했다. 그러나 이 사실은 극비에 부쳐져서 조선과 명나라에서는 까맣게 모르고 있었다. 몇몇 왜장들은 그의 죽음을 알고 있기에 사기가 크게 저하되어 있었다.

9월 중순으로 접어들자 영호남 각처에 흩어져 진을 치고 있던 왜군들은 고니시 유키나가가 주둔하고 있는 순천으로 속속 모여들기 시작했다. 이 정보를 받은 삼도수군통제사 이순신은 명나라 수군제독 진인을 찾아갔다.

"장군, 왜놈들의 움직임이 심상치 않소. 내 짐작건대 모두 철퇴할 모양인 것 같소."

"그래요? 겨울이 닥쳐오려 하니 그러는 모양이지요?"

"그 이유는 잘 알 수 없으나 철수하려는 것만은 분명한 것 같소. 아무튼 한 명의 적도 살려 보낼 수가 없으니 이제부터 바닷길을 봉쇄하여 적의 퇴로를 끊읍시다."

그리하여 진인은 이순신과 함께 9월 20일 함대를 이끌고 순천 앞바다에 진을 쳐서 적의 퇴로를 차단하는 한편 장도를 급습하여 적의 군량미를 모조리 뺏어왔다.

21일에는 명나라 장수 유정이 1만 5천의 군사를 이끌고 순천 북쪽에 와서 진을 쳤고 30일에는 명나라의 장령, 왕유격 등이 1백여 척의 군선을 거느리고 와서 진인의 함대와 합류했다.

전쟁은 막바지를 향해 달리고 있었다. 1598년(선조 31년) 11월 19일 자정 노량해전이(경남 남해도와 하동 사이의 해협)시작됐다. 새벽 2시경, 몸소 북을 두드리며 부하들을 독려하던 이순신이 적탄에 맞았다.

"내가 죽었다는 말을 입 밖에 내지 마라. 군대를 놀라게 하면 안 된다."

이순신의 유언이다. 그의 나이 55세.

이순신의 죽음과 함께 7년의 전쟁도 드디어 막이 내려가고 있었다.

노량해전은 계속되었다. 이 통제사의 유언에 따라 발상1을 하지 않은 채 조선 수군과 명나라 수군의 연합 함대는 집요하게 왜적을 무찔렀다. 조선 수군에서도 남해 현감 유형과 송희립 등의 장수들이 부상을 당하였지만 정오가 되도록 혈전을 벌여 왜적은 대패하였고 마침내 도망가기 시작했다.

피바다를 이룬 노량 앞바다에 승전고가 울려 퍼졌다. 그러나 곧이어 삼도수군통제사 이순신의 죽음을 알게 된 두 나라의 연합 함대에서는 승전고 소리보다 더 높은 통곡의 소리가 흘러나왔다. 함께 싸웠던 명나라 장수 진린은 이순신의 죽음을 듣고서 배 위에서 세 번이나 넘어지며 통곡했다. 이순신의 유해는 아산으로 향하였다. 그의 유해가 지나가는 길마다 남자와 여자, 늙은이와 젊은이들이 나와 땅을 치고 통곡하였다.

---

1 발상(發喪): 상제가 머리를 풀고 울기 시작함으로써 초상난 것을 알리는 일.

이순신이 없는 바다에서 왜적은 쉽사리 귀국할 수 있었고, 명나라의 구원군도 1599년 4월에서 9월에 걸쳐 대부분 철수하여, 7년의 전쟁도 끝을 향해가고 있었다.

11월 23일 좌의정 이덕형이 왜적이 모두 철수하여 바다를 건너갔고, 이순신이 전사하였다고 선조에게 보고했다. 전쟁의 신 이순신의 죽음에 대한 선조의 반응은 담담했다.

이순신은 그해 12월 우의정에 증직되었다가 1604년(선조 37년) 선무공신 1등에 추증되었고, 시호를 충무공으로 정해졌다. 선무공신 1등은 이순신을 포함하여 세 명인데 나머지 두 명은 권율과 원균이었다.

이순신은 선조를 만나 불행했다. 당대의 국왕으로부터 인정받지 못하는 장수였기 때문이다. 인정은커녕 질시와 견제의 대상이었다. 선조는 두고두고 이순신을 괴롭힌 국왕, 사람을 알아볼 줄 모르는 국왕이라는 역사의 악명을 덮어써야 했다. 많은 상흔을 남기면서도 7년 전쟁을 끝내고 나라를 지킬 수 있었던 것은 이순신이 있었기에 가능했던 일이었다. 하지만 유래가 없던 대규모 전쟁을 이순신 한 사람만의 힘으로 치를 수가 없는 것은 너무도 당연한 일이다. 나라를 지켜낼 수 있었던 더 큰 이유는 명나라의 지원이 있었기 때문이며, 명이 조선에 대규모 지원을 한 이유는 자국의 안전을 위해서였다. 만약 조선이 무너지면 결국 명나라에까지 위협이 될 것이기 때문이었다. 일본이 조선을 점령하게 되면 그다음 목표는 요동이 될 것이고 요동에서 북경까지는 가까운 거리다. 결국 북경까지 위험해질 수 있다는 판단을 한 것이다. 그래서 어떻게 해서든 조선 땅에서 전쟁을 끝내기 위해서 대규모 지원을 한 것이다.

참혹한 전쟁이 끝나고 이순신이 목숨을 잃은 마당에 선조는 왜 그렇게도 이순신을 미워하고 원균을 편애했을까 하는 의문을 가지지 않을 수 없다. 우선 선조가 왕위에 오른 과정을 살펴볼 필요가 있다. 선조는 아버지가 왕이 아닌 방계 출신으로 왕위에 오른 왕이라는 점에 주목할 필요가 있다. 조선의 왕들은 태조 이성계를 제외하고는 모두 왕자에서 왕이 되었다. 선조의 선왕인 명종에게는 일찍이 순회 세자가 있었지만, 1563년(명종 18년) 13세의 어린 나이로 순회 세자가 죽는 바람에 후계자가 없었다. 하여 여러 왕손 가운데서 후계자를 구해야만 했다. 그리하여 왕손들 가운데서 선택된 하성군이 왕위에 오르게 되니 그가 바로 선조다. 때문에 선조는 왕위에 오른 뒤에도 심리적 열등감을 가졌을 것이다. 그리하여 왕족이나 신하들 중에 두각을 나타내는 사람을 경계했을 것으로 추측할 수 있다. 경계 대상에는 문신이나 무신이나 마찬가지였다. 선조는 어떤 한 신하가 지나치게 부상하는 것을 경계했다. 특히 임진왜란이라는 초유의 국가 대란을 당하여 자신은 백성을 버리고 이리저리 피난을 다녔는데 비해서, 이순신이 왜적을 무찔러 백성들로부터 영웅으로 숭앙받는다는 것은 무척 신경이 쓰이는 일이었을 것이다. 선조가 처음부터 이순신을 싫어하고 경계한 것은 아니었다. 류성룡의 천거에 의해 이순신을 신하들의 반대를 무릅쓰고 특진까지 시켜 육군인 이순신을 수군으로 발령한 사람이 바로 선조 자신이었다.

공교롭게도 이순신이 전사하는 날에 이순신을 천거하였고 이순신과 가장 가까웠던 류성룡이 선조로부터 파직을 당한다. 류성룡이 파직을 당한 이유는 다음과 같다.

전쟁 막바지에 이르러 명군과 조선군의 지휘부 사이에 분열이 일어났다. 때문에 이런 문제에 대해 조선에서 명나라에 해명할 일이 생겼다. 그래서 선조가 류성룡에게 명나라로 가서 해명하라고 하였으나, 류성룡은 자신보다는 윤두수나 이항복이 가는 것이 낫겠다고 하면서 가기를 꺼려했다. 사실 이때 류성룡은 고령으로 여러 날이 걸리는 명나라 방문이 어려운 처지였다. 류성룡이 핑계를 대며 가기를 꺼리자 선조가 파직을 한 것이다. 또 다른 이유는 전쟁이 마무리되어 가는 시점이었는데 전쟁 중에 공이 컸던 류성룡에게 힘이 실리는 것을 경계한 것도 사실이었다. 선조는 신하들의 어느 한 사람에게 힘이 실리는 것을 무척 경계한 임금이었다. 선조가 이순신을 극도로 경계한 것도 같은 이유에서였다.

이순신이 노량해전에서 장렬한 최후를 미치던 바로 그날, 11월 19일 류성룡은 파직을 당했다. 이때까지는 이순신의 죽음이 아직 조정에 알려지지도 못한 상태라 류성룡은 이순신의 죽음도 알지 못한 채로 남은 이순신을 걱정하며 동짓달의 찬바람을 맞으면서 한성을 떠나 고향인 안동 하회마을로 향했다. 이때 류성룡의 나이 쉰일곱 살이었다. 영의정으로 그 치열했던 전란을 수습해 왔던 자신을 돌아보았다. 스물세 살에 사마시에 올랐고, 스물다섯 살에 별시 문과에서 병과로 급제하여 승문원권지정자로 관직에 들어섰다. 관직에 들어선 지 32년 동안 모든 요직을 두루 거쳤으니 행운을 입은 셈이었다.

류성룡은 묵묵히 말에 올랐다. 식솔들과 문도들이 그의 뒤를 따랐다. 바람 소리가 귓전을 때렸다. 멀리서 천둥소리가 들려왔다. 그를 따르는 사람들은 모두 하늘을 쳐다보았다. 머나먼 여정을 겨울비를 맞으며 가는 길이었다. 그래서 걱정인 모양이었으나 류성룡의 얼굴에는 표정이 없었다.

류성룡은 이렇게 한성을 떠난 채 다시는 돌아오지 못했다. 그는 1600년(선조 33년)에 복관되었으나 다시 벼슬길에 나서지 않고 고향에 은거했다. 하지만 1604년에 호성공신 2등으로 책록되고 풍원부원군으로 다시 봉해졌다. 그는 도학, 문장, 글씨로도 당세에 이름을 떨쳤고, 향리에서『징비록』을 저술했다.

임진왜란에서 조선을 구하는데 이순신이 많은 공헌을 했다는 사실은 두말할 나위가 없을 것이다. 이에 비해서는 비록 덜 알려졌지만 기억해야 할 사람들이 있다. 그들은 의병과 승병이다. 의병은 향토 지리에 익숙하고 그에 알맞은 전술과 전략을 터득하고 있었다. 또한 많지 않은 병력으로 적과 맞서기 위해서 정면충돌보다는 매복, 기습, 위장 등과 같은 유격 전술을 주로 사용하여 왜적에게 큰 피해를 입혔다.

의병은 곽재우가 처음 일으킨 후 조헌, 고경명, 정문부, 김천일 등이 왜군과 싸웠고 승병은 서산대사 휴정, 사명대사 유정이 왜군과 싸웠다. 곽재우는 경상도 의령에서 의병을 일으켰는데, 붉은 옷을 입고 있어서 홍의장군이라 불렸다. 낙동강을 본거지로 왜적과 싸워 의령, 합천, 창녕, 영산 등의 여러 마을을 되찾았다. 조헌은 유생 10여 명과 함께 의병을 모집하여 충청도 옥천에서 봉기했다. 온양, 정산, 홍주, 회덕 등에서 2,000여 명의 의병과 함께 영규가 이끄는 부대와 합세하여 청주성을 회복했다. 그러나 금산에서 왜적과 싸우다 전사했다. 고경명은 전라도 담양에서 의병을 일으켜 대장으로 추대되었다. 그는 전국에 격문을 보내고 금산에서 왜적과 정면 대결했다. 하지만 대패하여 아들 등과 함께 전사했다. 그 뒤 맏아들 고종후가 그 해 다시 의병을 일으켜 진주성에서 싸웠으나 전사했다. 김천일은 전라도 나주에서 의병을 일으켜 수백 명을 이끌고 강화도에 있는 적진지에 군사들을 잠입시켰다. 그리고 한강 변의 여러 적진지를 급습하여 왜군에 큰 피해를 입혔다. 또한 권율이 이끄는 관군과 합심하여 행주산성에서 왜적을 물리쳤다.

무기력한 육군이 정규군이었다면 이들 의병과 승병2은 비정규군이었음에도 불구하고 전국 각지에서 자발적으로 일어나 일본군의 배후를 집요하게 공략하면서 큰 전공을

---

2 승병(僧兵): 승려들로 조직된 군대. 승군(僧軍).

세웠다. 의병의 지도층은 당시 향촌의 지배 세력이었던 사람들이었다. 평민이나 천민이 의병장으로 부대를 이끄는 일은 한말에나 가야 있을 수 있는 일이었다. 임진왜란 당시에는 아직 그러기에는 이른 시기였다. 의병을 일으킬 때는 먼저 사림 가운데 명망 있는 자가 뜻을 발의하여 따르는 사람들의 호응을 얻은 다음, 그렇게 호응한 사람들이 다시 각자의 노비나 거주지 평민들을 동원하는 형태로 의병을 조직해 나갔다.

그런데 무엇이 그들로 하여금 의병에 호응하게 했을까? 그것은 나라를 지키겠다는 명분이 당당했기 때문이고 의병장에 대한 존경과 신뢰가 있었기 때문이다. 의병장들은 그 지방에서 명망이 있는 사람들이었는데, 평소에 그들이 가지고 있었던 향촌에서의 지도력이 민중들의 신뢰를 이끌어 냈다고 볼 수 있을 것이다.

향촌에 근거를 두고 있었던 문벌 높은 이들 양반 사족은 향촌 사회의 일반 구성원 즉 농민들의 안정에 좀 더 관심을 기울여 농민에 대한 일방적 수탈을 자제하고 상호 양보에 의한 개량적인 정책을 추구해 나갔기 때문에 이들이 의병의 뜻을 일으킬 때 일반 농민들의 호응을 얻을 수 있었던 것이다. 의병들은 자신들의 생활권을 지켜야 한다는 절박

함도 있었을 것이다.

　또한 농민들이 쉽게 호응했던 데에는 아주 현실적인 이유도 있었다. 전쟁터에서는 군대가 가장 안전하다는 역설도 있듯이 일단 의병에 들어가면 적어도 굶어 죽지는 않았다. 또 의병이기 때문에 관군과는 달리 질 것 같으면 싸움을 하지 않아도 책임이 없었다. 그만큼 안전하기도 했고 약간의 공만 세워도 그것이 자발적인 것이기에 큰 공으로 포상을 받게 되었기 때문이기도 했다. 물론 모든 의병이 다 이런 이유로 의병이 되었다는 것은 아니고 그런 경우도 있었을 것으로 생각할 수 있다는 것이다.

　의병장이 양반 사족이었다고 해서 의병 활동에서 민중들이 점했던 비중이 줄어드는 것은 아니다. 왜적이 침입해 들어왔을 때 그것을 막을 수 있는 원동력은 뛰어난 전술가나 의병장 등과 같은 몇몇 인물에게만 있었던 것이 아니라 민중들의 투쟁에 있었다. 민족적 위기 속에서 민중들은 이에 맞서 당당히 싸워 나라를 지켰으며 그 과정에서 자신들의 지위를 향상시켜 나갔던 것이다.

　묘향산의 서산대사 휴정은 금강산의 사명대사 유정의 스승이다. 사명대사가 승병을 일으킨 것도 당연히 스승 서산대사의 지시를 따른 것이었다. 이들 두 승려는 불교의 도력과 학식이 풍부하였고 당시 불교계의 숭앙을 받고 있었다. 이들이 승병을 일으키자 승려들이 생사를 두려워하지 않고 일어났다. 승병들은 또한 자신들의 인근 산악지대의 지리에 아주 밝았기에 왜적을 무찌르는 데 아주 유리한 입장이기도 했다. 불교 나라 고려를 무너뜨린 조선에서 탄압받던 승려들이 나라를 위해 분연히 일어난 것은 놀라운 일이라 하지 않을 수 없다.

이와 같은 놀라운 의병의 활동에도 불구하고 막상 전쟁이 끝났을 때, 선조는 이들에 대한 포상은 거의 하지 않았다. 임진왜란을 당하여 백성을 버리고 이리저리 피난 다니기에 급급했던 인기 없는 선조는 의병의 활약이 부각되는 것을 경계하는 심리가 작동했을 것으로 보인다.

14. 선조, 눈을 감다

1601년(선조 34년) 12년 11일. 처녀 열 명이 대궐에 들어와 면접을 보았다. 그중 여섯 명이 선발되었다. 이에 앞서 10월에 예조에서 처녀 간택에 관한 보고를 올렸다.

"사치스러운 옷을 입지 말고 평상복을 입고서 입궐토록 하라!"

선조가 명을 내렸다.

이후 처녀 간택을 위한 선별 작업은 계속 진행되었다. 마침내 1602년(선조 35년) 2월 3일 선조는 판중추부사 이덕형, 영의정 이항복, 좌의정 김명원을 불러, 이조좌랑 김제남의 딸과 대혼하겠다는 뜻을 밝혔다.

김제남은 남곤, 심정과 함께 기묘사화를 일으켜 조광조 세력을 축출한 중종 때의 영의정 김전의 증손자로 1597년(선조 30년)에 문과에 급제한 후 이때 이조좌랑으로 있었다.

51세의 늙은 신랑 선조와 19세의 꽃다운 신부 인목왕후의 국혼은 간택 5개월 후인 7월 13일에 거행되었다.

1606년(선조 39년) 3월 7일 인목왕후가 영창대군을 낳았다. 국가적으로 대단히 경사로운 일이었다. 하지만 이런 경사에 반해 선조의 건강은 점차 나빠지고 있었다. 그 이듬해 10월 9일 새벽, 선조는 잠자리에서 일어나 문을 열고 나가려다 갑자기 기가 막히면서 쓰러졌다. 궁중 나인이 달려와 이 같은 사실을 세자에게 알렸고 곧바로 영의정 유연경, 어의 허준 등이 달려왔다. 의원들은 한기1가 엄습한 것이 원인이라고 진단했다. 의식이 돌아오자 선조는 임해군, 정원군, 인성군, 의창군 등 아들들을 궐내에 들어와 머물도록 명한다. 죽음이 임박했음을 예감하였기 때문이었을 것이다. 이날부터 광해군이 선조의 곁에서 시병2에 들어갔다.

1608년(선조 41년) 2월 1일 아침 선조는 내의의 문안 인사에 "지난밤에는 편히 잘 잤다"고 대답했다. 그리고 오전에 통상적인 집무를 행하였다. 그런데 오후 2시경에 갑자기 건강이 악화되어 위급한 지경에 이르렀다. 곧바로 왕세자가 달려왔다. 완평부원군 이원익, 중추부 영사 이덕형, 오성부원군 이항복 등 원로 대신들이 들어왔다.

---

1 한기(寒氣): 병적으로 느끼는 으스스한 기분.
2 시병(侍病): 병자 곁에서 시중을 드는 일

어의 허준의 노력에도 불구하고 결국 선조는 더 이상 눈을 뜨지 못했다. 얼마 후 인목왕후는 미리 써놓은 선조의 유언을 공개했다.

형제 사랑하기를 내가 있을 때처럼 하고 참소하는 자가 있어도 삼가 듣지 말라. 이로써 너에게 부탁하니 모름지기 내 뜻을 본받아라.

그리고 인목왕후는 옥새를 광해군에게 넘겼다. 물론 광해군은 처음에는 옥새를 받을 수 없다고 여러 차례 사양했다. 그러나 왕위는 어차피 광해군에게 가도록 돼 있었다. 임진왜란의 난리 통에 왕세자가 된 지 16년 만이었다. 이때 광해군의 나이는 34세였다.

광해군의 집권 열흘은 마치 혁명이 난 듯했다. 하루아침에 친형 임해군이 대역죄인으로 내몰리고 영의정 유연경은 파직당하고 정인홍은 돌아왔고, 부왕 선조가 경계했던 인물 이이첨을 중용했다. 이들이 권력을 잡음으로 인해 형제를 사랑하라는 선조의 유지는 휴지 조각이 되고 말았다.

광해군이 왕위에 오른 지 며칠도 되지 않은 2월 14일, 윤양, 민덕남, 윤효선, 이사경, 임장 등이 임해군의 대죄를 청하는 상소문을 올렸다.

임해군 珒(진)이 오랫동안 다른 뜻을 품고서 사사로이 군사 무기를 저장하고 남몰래 결사대를 기르더니 …… 종사의 대계를 위하여 절도에 유배시켜야 할 것이옵니다. …… 윤허하여 주시옵소서.

임해군을 역모로 모는 내용이었다. 임해군은 광해군과 같은 어머니로부터 태어난 형이다. 성품이 다소 과격한 면이 있어서 선조로부터 인정받지 못하여 동생인 광해군에게로 왕좌가 넘어간 것이다.

자신을 역모로 모는 상소가 올라갔다는 사실을 안 임해군이 상궁의 치마를 뒤집어쓰고 궁궐을 탈출하려다 잡히고 말았다. 일이 이렇게 되니 임해군에 대한 탄핵이 가열될 수밖에 없었다.

"중신들로 하여금 의논케 하라!"

광해군이 이렇게 명했다.

이산해, 이원익, 이덕형, 이항복, 기자헌, 심희수 등의 원로 중신들이 이산해 앞으로 모여들었다.

"소신껏 말씀해 주었으면 합니다."

이산해가 원로 중신들을 둘러보며 입을 열었다.

"공론이 그러하나 임해군은 쭉 빈전3에 머물러 있었고, 모반한 죄상이 드러나지 않았질 않습니까. 단지 풍문에 의거하여 극형에 처한다 함은 바람직한 일이 못 되지 않겠습니까?"

이항복이 조심스럽게 의중을 밝혔다.

"역모란 그 기미만으로도 중벌을 받아 마땅해요."

이산해가 퉁명스럽게 반박했다.

"역모를 그 기미만으로도 중벌에 처하기 전에 신중한 조사가 필요합니다."

이항복도 지지 않았다.

"이미 어병이 계시질 않은가!"

이산해가 다시 언성을 높였다.

"……."

좌중은 모두 입을 꾹 다물었다.

"여장을 하고 대궐을 빠져나가려 했기에 혐의를 벗어나기가 어렵게 되었다고 보아야 할 것입니다. 하여 임해군의

---

3 빈전(殯殿): 죽은 왕이나 왕비의 관을 발인할 때까지 임시로 두는 곳.

혐의를 다스리기는 하되 어떻게 하면 임해군의 목숨을 보전해 줄 수 있는가. 이 점이 문제 아니겠습니까?"

잠시 뒤에 이덕형이 낮은 목소리로 입을 열었다.

"……."

좌중은 물을 뿌린 듯 조용해졌다. 이덕형의 논리는 그만큼 빈틈이 없었던 것이다.

"전하께서 동기를 해쳤다는 오명을 쓰셔서는 아니 될 것으로 봅니다. 더구나 전하께서 등극하신 지 보름도 되지를 않았습니다. 게다가 동기간을 아끼라고 선왕4께서는 유명5을 내리지 않았습니까."

이덕형이 다시 말을 이어갔다.

"옳아요. 그 점에 유념해야 합니다."

이원익과 기자현이 수긍했다.

"하면, 어찌했으면 좋겠소?"

이산해의 어조가 조금 누그러졌다.

"우리가 나서서 외딴섬에 안치할 것을 청합시다. 세속과의 인연을 끊게 하는 것으로 목숨을 부지하게 하자는 것이

---

4 선왕(先王): ① 선대의 임금. 선군(先君). ② 옛날의 어진 임금.
5 유명(遺命): 임금이나 부모가 죽을 때에 남긴 명령이나 당부. 유교(遺敎).

오이다. 이 점만 분명히 한다면 전하께서도 우리 늙은 신하들의 간곡한 심정을 헤아려 주실 것으로 압니다."

이원익이 방안을 말했다.

"옳으신 말씀이올시다."

이항복이 수긍했다.

"그렇게 정하도록 합시다."

심희수도 찬성했다.

죄는 주되 목숨은 부지하게 해야 한다는 뜻이었다. 즉 목숨을 부지하기 위해서는 벌을 주어야 한다는 논리였다. 이것이 이른바 '전은설(全恩說)'이었다.

이렇게 정해진 결론을 대신들이 어전회의에서 주청했다. 광해군은 고개를 끄덕이며 원로들의 주청을 경청했다. 신하들의 청을 받아들이는 모습이었다.

"배소는 어디가 좋겠소?"

광해군이 하문했다.

"육지와 떨어진 섬으로, 가급적 먼 곳이 합당한 것으로 사료되옵니다. 진도를 적지라고 보옵니다."

이산해의 말이었다. 제주도를 제하면 가장 먼 곳이었다. 이렇게 하여 임해군은 '전은설'의 혜택을 입어 목숨을 부지한 채 전라도 진도로 귀양이 보내진다.

임해군은 선조의 첫째 왕자로 태어났으나 세자의 자리를 동복동생인 광해군에게 내주어야 했고, 왜란이 한창일 때는 함경도 회령에서 가토 기요마사에게 포로가 되어 울산까지 끌려갔다가 방면되기도 했다. 이러한 일들에 대한 자격지심 탓일까, 임해군은 온전한 정신이 아니었다. 실로 파란으로 점철된 삶이 이어졌다.

임해군이 함거6에 실려 한성을 떠났다는 전언은 광해군을 몹시 심란하게 했다. 동부승지 유희분을 대전으로 불렀다. 보위에 오른 지 보름 남짓 되는 동안 영의정 유연경과 임해군의 탄핵으로 어수선했는데, 믿고 의지할 만한 사람은 처남인 유희분밖에 없었다.

"답답한 마음 헤아릴 길이 없습니다. 형님을 귀양 보내다니요. 이래도 되는지 모르겠습니다."

"전하……."

"진도와 같은 험지에다 형님을 귀양하고 말았으니…… 머지않아 형님을 사사하자는 논의가 다시 일어날 것 아니오."

---

6 함거(轞車): 죄인을 호송할 때 사용하는 수레.

"……."

"그리됩니다. 설사 그런 논의가 일더라도 나는 형님에게 사약을 내릴 수는 없어요. 사약은커녕 형님의 일을 논의하는 것조차 싫습니다. 사전에 그 같은 논의가 일어나지 않도록 하는 방법이 없겠소?"

광해군의 소망은 간절했다.

광해군은 아무리 작은 일이라도 깊이 생각하여 사리를 온당하게 판별해 가는 예지를 지닌 사람이었다. 아쉬운 점이 있다면 결단력이 부족하다는 것이었다. 그것이 신하들의 득세를 부채질하리라는 것을 아직 모르고 있었다.

"전하, 당연히 있을 것으로 생각이 되옵고, 또 있어야 할 것으로 사료되옵니다."

"그러기에 미리 막을 수 있는 방도를 강구해 두자는 것 아니오."

"아니옵니다. 전하. 전하께옵서는 명나라로부터 세자 책봉의 명도 받지 않은 채 보위에 오르셨습니다. 이 문제는 다시 거론될 것이 자명하고, 그때마다 임해군 문제가 논란이 될 것으로 사료되옵니다."

"……!"

"어찌할 수 없는 난제이기는 하오나 불가피하게 겪어야

할 일일 것이옵니다. 전하, 지금 화급을 다투어야 하는 것은 영의정 유영경을 파직하옵시고, 전하의 친정 체제를 굳건히 다져 놓아야 할 시기인 줄로 아옵니다. 전하, 대소 신료들은 전하의 등극을 쇠진해 있는 국운을 일으켜 세우는 계기로 삼고자 하고 있사옵니다. 이러한 때에 영의정 유영경을 두둔하고 계시어서는 새 시대를 다짐하는 대소 신료들의 여망을 수렴할 수 없을 것으로 사료되옵니다. 하오니 유연경을 파직하옵시고 덕망 있는 사람들로 새 정승을 삼으시어야 임해군에 관한 일도 전하의 뜻으로 해결하실 수 있을 것이옵니다. 유념해 주시옵소서."

"……."

광해군은 잠시 깊은 생각에 잠겼다. 유희분의 주청은 한 치의 잘못됨도 없었다. 힘을 수반하는 친정 체제는 반드시 갖추어져 있어야 하지 않겠는가.

"새 영의정으로는 누가 좋겠소?"

"완평부원군이 적임일 것으로 사료되옵니다."

유희분은 이미 생각해 두고 있은 듯 거침없이 대답했다.

완평부원군은 이원익이다. 당년 62세의 이원익은 이미 선조 밑에서 영의정을 지낸 사람이다. 이원익은 '전은설'을 발의한 사람이 아니던가. 광해군은 친정 체제를 돈독히 한다는 점보다는 이원익을 영의정으로 맞아들임으로써 임해군의 목숨을 구할 수 있을 것이라는 생각을 굳혔다.

"알겠소. 그리 정하도록 합시다. 그건 그렇고 이이첨은 어찌 되어 있소?"

"유배지로 가고 있을 것이옵니다."

"정인홍은요?"

"정인홍은 합천을 떠나 유배지로 가는 도중에 광주에서 병을 얻어 잠시 지체하고 있다 하옵니다."

이날 저녁에 영의정 유연경을 파직하고 새 영의정에 이원익이 제수되었다.

이원익이 영의정으로 취임한 바로 그날, 임해군의 유배지를 놓고 재론이 일었다. 임해군은 이미 진도를 향해 떠났는데도 이 일이 재론된 것은 이산해의 강경론 때문이었다.

"진도로 유배하는 것은 물론이고, 진도로 연결되는 모든 나루터의 방수를 굳게 하여 나라 안의 의심을 진정시켜야 할 것으로 아옵니다."

이산해가 말했다. 과잉 충성이었다.

이항복과 이덕형이 반발하고 나섰다. 이들 두 사람은 임해군을 진도에 유배하는 것은 지나치다고 생각하고 있는 사람들이었다.

"전하, 신 이항복, 돈수백배7하고 아뢰옵니다. 방금 원상께서 주청한 말은 도리에 지나친 것으로 전은설의 뜻을 그르칠 수 있음이라 사료되옵니다."

"아니, 도리에 어긋나다니!"

이산해가 이항복을 노려보며 소리치듯 말했다.

"계속하시오."

광해군이 재빨리 가로막고 말했다.

"신의 생각으로는 멀리 있는 진도만이 절도가 아니라, 강화도에 속해있는 교동 또한 절도인 것이라 믿어지옵니다."

교동은 강화도에 부속된 작은 섬으로 흔히 강화 교동이라 부른다. 일찍이 폐위된 임금 연산군도 거기에 위리안치8되지 않았던가. 이항복은 임해군의 유배지로 교동이 합당하다고 주청한 것이다.

"교동은 도성에서 지척인 까닭으로 만일의 변을 염려하지 않을 수 없을 것으로 사료되옵니다. 임해군을 온전하게

---

7 돈수백배(頓首百拜): 머리가 땅에 닿도록 계속 절을 함.
8 위리안치(圍籬安置): 배소(配所)에서 외부와 접촉하지 못하도록 가시로 울타리를 만들고 죄인을 그 안에 가두어 두던 일.

살리고자 하시는 전하의 높으신 뜻을 이룰 수가 없을 것으로 사료되옵니다."

이산해가 말했다.

"아뢰옵기 황공하오나 본시 임해군의 일은 풍설만 무성했지 혐의는 애매한 것이옵니다. 생각해 보면 임해군의 방자한 언동은 익히 알려진 일이라 하여도, 다른 음모에 대해서는 밝혀진 바가 없사온지라 밖으로 내쳐서 사람들과의 교통을 끊는 것만으로도 이미 공론을 따른 것으로 사료되옵니다. 이러한 까닭으로 전하께옵서는 돈독한 우애로써 임해군의 안전을 도모해야 할 것이옵니다. 이제 임해군을 기후가 다른 먼 곳에 두었다가 수토가 맞지 않거나 안개와 찬 이슬을 맞아 병이라도 얻게 된다면 지키는 신하가 지성으로 보살피고 약을 쓴다 해도 소용이 없게 되어 전하의 우애하시는 심정에 한없는 슬픔을 끼쳐드릴 것이오니 이것이 염려되옵니다. 마땅히 도성과 관아가 가까운 곳에 두어서 의식을 풍족하게 하여 부족함을 면하게 하는 것이 옳은 줄로 아옵니다."

이항복이 어조를 높이면서 다시 주청했다. 이항복의 치밀한 논변은 좌중을 압도했다. 이항복의 실력이 빛나는 순간이었다.

"소신의 생각도 같사옵니다."

이덕형도 같은 뜻을 전했다.

기자현도 동조했다.

이항복의 논지에 이산해는 더 이상 반박 못 하고 광해군과 중신들의 눈치를 살피고 있었다. 이런 분위기는 광해군이 결단을 내리기에 아주 적절했다. 하지만 우유부단한 성품의 광해군은 이 문제를 신하들에게 미루었다.

"경들이 다시 한 번 숙의하여 향배를 정하도록 하시오."

이렇게 되자 임해군의 유배지를 교동으로 변경하는 문제를 놓고 또다시 중신들 간에 쉬지 않고 논쟁이 일어났다.

갑론을박의 논쟁을 하는 가운데 20일에야 임해군의 유배지를 교동으로 하라는 어명이 내려졌다.

임해군의 유배지가 가까운 교동으로 정해지자 임해군을 죽이려는 패들이 가만히 있을 리가 없었다. 임해군의 주변을 싹 정리해야 한다는 것이 그들의 당면 과제였다.

임해군을 따르던 무장들과 종친들이 의금부에 잡혀 와 국문을 받았으나 아무도 자백하는 사람이 없었다. 오직 한 사람, 무사 하대겸이 매질을 견디지 못하여 죄가 있다고 시인했을 뿐이었으나, 끝내는 무장 고언백, 양학서, 양집, 민열도, 종친인 요, 서흥군. 홍산군, 수산수 등과 그들의 노비에 이르기까지 무려 100여 명이 참살되고 말았으나 임해군의 역모 실체는 밝혀지지 않았다. 그도 그럴 것이 애초에 역모를 기도한 사실 자체가 없었기 때문이었다. 광해군 즉위 초의 정국이 이렇게 어수선했던 것이다.

명나라로 떠나간 고부사9 이호민으로부터 북경의 소식이 전해진 것은 5월이었다. 고부사 이호민의 역할은 선조의 승하를 알리고, 광해군의 즉위 절차에 아무런 하자가 없었음도 알리는 막중한 대임10이다.

명나라의 차관이 조선으로 나와서 금상 전하의 즉위를 둘러싼 여러 가지 사실들을 조사할 것이라 합니다.

이 얼마나 기가 막히는 소식인가. 조정은 발칵 뒤집혔다. 광해군의 즉위에는 아무런 문제가 없었는데도 임해군이라는 형이 있는데 어찌하여 동생인 광해군이 보위에 오를 수가 있는가하는 의심을 하고 바로 이 점을 추궁하겠다는 명

---

9 고부사(告訃使): 우리나라의 왕이 죽었을 때 그것을 알리기 위해 중국에 보내는 사신을 이르던 말.
10 대임(大任): 아주 중대한 임무.

나라의 트집일 것이다. 조선으로서는 이미 여러 차례 광해 군으로 세자를 책봉해 줄 것을 청한 바가 있었다. 그런데 이 일이 매듭지어지지 않은 채 선조가 승하했다는 것일 뿐 이었다. 조선 왕조가 개국한 이래 이 같은 수모를 받은 일 은 일찍이 없었다.

명나라에서 차관이 온다면 그들의 거들먹거림이 어느 정 도일 것이라는 것쯤은 조정에서도 익히 알 만한 일이었다.

조정 대신들 모두가 어이가 없었다. 기자헌의 뒤를 이어 좌의정에 오른 이항복이 급히 가마를 몰아 영의정 이원익 의 집으로 향했다. 이원익은 사직 상소를 올리고 등청하지 않고 자택에 있었다. 이항복이 북경에서 온 소식을 급하게 전하고는 다급하게 말했다.

"영상 대감, 급히 수습책을 강구해야 할 것으로 압니다."

"나는 사직을 청해놓고 있어요. 또 이런 일이 있을 것을 우려해서 공에게 좌의정의 대임을 맡긴 것이고……."

"왜 이러시오니까, 대감! 이게 어디 웬만한 일이어야지 요. 이 일을 영상 대감께서 수습하지 않으신다면 후세에 오 명을 남기시게 됩니다."

"……."

"우리가 취할 수 있는 모든 조치를 하고 난 연후에 명나라에서 오는 차관을 맞아야 할 것 아니겠습니까. 잠자코 있다가는 전하의 보위에 변동이 생길 판인데 이를 어찌 보고만 계시려 하십니까. 지금 당장 입궐을 하시어 전하를 배알하셔야 합니다."

이원익은 잠자코 있을 수가 없었다. 이항복의 간곡한 당부도 있었으나 원로로서의 소임을 저버릴 수가 없는 지경에 이르렀기 때문이었다.

광해군은 지친 모습으로 이원익을 맞았다. 비록 사직 상소를 올리고는 있었으나 몸소 배알을 청한 이원익이 고맙기도 했다.

"아무리 상국11이기로 어찌 이럴 수가 있다는 말씀이오? 대체 무엇을 조사하겠다는 것이오. 벌써 십여 차례 세자의 책봉 고명을 청한 바가 있는데 어찌 이런단 말이오."

광해군의 목소리는 지쳐 있었다. 이원익은 극진한 어조로 입을 열었다.

"전하, 명나라의 소행이 분통12하기는 하오나, 우리 조선으로서는 저들이 의심하는 바를 풀어줄 수밖에 다른 방도

---

11 상국(上國): 예전에, 작은 나라의 조공을 받던 큰 나라.
12 분통(憤痛): 몹시 분하여 마음이 쓰리고 아픔. 또는 그런 마음.

는 없는 것으로 아옵니다."

"풀어주다니요? 대체 무엇으로 푼다는 말씀이오? 말씀해 보시오."

"우선 문무백관과 종친, 사대부와 백성들에 이르기까지 연명을 하여, 전하의 즉위에 털끝만큼의 하자가 없음을 주본13으로 올리도록 해야 할 것이옵니다."

광해군의 용안이 일그러지고 있었다. 등극에 하자가 없음을 명나라에 알리기 위해서 자신의 백성들까지 동원해야 한다니 군왕으로서 참으로 권위가 상하는 일이었다.

"꼭 그리해야만 되겠소?"

"전하의 불편하신 심기를 헤아리고도 남사오나, 지난 이 백여 년의 일을 상고해 볼 때 명나라의 책봉 고명을 거치는 것은 우리 왕실의 전례인 줄로 아옵니다."

"……!"

사실이 그러한 것을 광해군인들 모를 리가 없다. 광해군은 길게 한숨을 토해냈다. 이원익이 다시 간곡한 어조로 청했다.

---

13 주본(奏本): 임금에게 올리는 글월.

"이 모두가 전하를 위하고, 이 나라의 종사를 위하는 일이옵니다. 윤허하여 주시옵소서."

이원익의 목소리가 떨리고 있었다.

"못합니다. 내가 즉위한 것에 하자가 없었다면 그것으로 그만인 것이지, 어떻게 백성에게까지 그런 일에 연명을 하게 한단 말이오!"

이원익은 흠칫 놀랐다. 광해군의 거부가 놀라울 만큼 단호했기 때문이었다. 어찌 생각하면 조선에서의 일은 조선이 자의로 정하면 그만이라는 자주정신이랄 수도 있고, 극단으로 생각하면 보위를 내놓으면 그만일 수도 있는 것인데 백성들에게까지 구걸할 게 뭐가 있겠느냐는 자탄일 수도 있을 것이었다. 이원익의 입장에서는 이떻게든 묘안을 짜내야만 했다.

"전하의 심기가 그와 같으시다면 차후의 일은 신에게 일임하여 주시옵소서."

"······."

"길은 하나이옵니다. 다만 택하는 방도를 달리할 생각이옵니다. 원하옵건대 신에게 맡겨주시옵소서."

"알아서 하세요."

광해군은 내뱉듯 말하고는 용안을 돌렸다. 이원익은 눈

물을 삼키며 편전을 물러나왔다.

이원익은 마음을 추스르고 인목대비의 거처인 청심재로 무거운 발걸음을 옮겼다. 인목대비의 도움을 청할 생각을 굳힌 것이었다.

"영상께서 예까지 어쩐 걸음이십니까?"

조정 중신들이 내명부의 거처에 드는 것은 범절에 어긋나는 일이다. 하지만 오늘과 같이 급박한 일이 생겼을 때는 불가피한 일임을 서로가 알만했다. 이원익은 잠시 전에 편전에서 있었던 일을 소상히 고해 올렸다. 인목대비의 곁에 앉아 있는 어린 영창대군이 두 사람의 표정을 번갈아 살피고 있었다.

"대비마마, 사정이 이와 같사온지라, 다시 한 번 주본을 초하시어 대소 신료와 종친은 물론이고, 사대부와 백성들에 이르기까지 연명케 하라 명하신다면 주상전하의 불편하신 심기를 조금은 덜어드릴 수가 있음이라 사료되옵니다."

"……."

인목대비는 이원익의 간절한 소망에 수긍은 하면서도 대답 대신 먼저 한숨부터 토했다.

"대비마마, 종사의 존망이 달려 있음이옵니다. 부디 허락해 주시옵소서."

"도리 없겠지요. 그리하도록 하겠습니다."

"하해와 같은 은혜이옵니다. 대비마마."

이원익은 진심으로 상체를 숙이면서 고마워했다. 이로써 광해군의 어명이 없이도 많은 사람들의 연명을 받을 수 있게 되었다.

인목대비는 다시 주본을 썼다. 그 주본 뒤에 대소 신료들을 비롯한 종친들, 그리고 사대부와 백성들이 연명했다. 요즘 말로 하면 연명으로 된 진정서를 만드는 것이었다.

허어, 별일이로세!

백성들이 임금의 등극에 관여하게 되다니!

말이 없을 수 없었다. 그러나 반대할 수도 없는 일이었다. 이미 보위에 오른 광해군의 즉위를 정당화하는 일임에랴. 이것이 당시 조선과 명나라와의 역학 관계였다.

이 일에 연명한 사람들은 대체로 다음과 같았다.

문관 윤근수 등 395명.

무관 이시언 등 456명.

동부군민 박만동 등 2,200명.

서부군민 임득순 등 3,500명

남부군민 이보 등 4,113명.

북부군민 허억신 등 1,110명.

성균관생원 신득영 등 980명.

참으로 엄청난 수가 아닐 수 없었다. 여기에다 정원군을 비롯한 종친 225명이 연명한 주본을 따로 한 벌 갖추어서 명나라로 보냈다. 조선 왕조가 개국한 이래 처음으로 겪어야 했던 홍역이었다.

이원익, 이항복, 심희수 등의 삼정승들은 일단 안도의 한숨을 쉬었다. 그렇다고는 하나 속마음이 개운한 것은 전혀 아니었다. 마음 같아서는 명나라에 대놓고 욕설이라도 퍼붓고 싶지만 참을 수밖에 없었다.

6월이 되자, 조선으로 들어올 명나라 차관이 알려졌다. 요동도사 엄일괴와 자재주지부 만애민이라고 했다. 충분히 예상하고는 있었던 일이었으나, 막상 차관이 온다는 소식에 접하자 광해군은 평정심을 잃기 시작했다.

"대체, 그들이 와서 무엇을 어떻게 살핀다는 것이오?"

왕 앞에 부복한 신료들은 감히 입을 열지 못했다. 대답할 말이 없기 때문이 아니라, 다만 광해군의 심기를 어지럽히는 것이 민망했기 때문이었다.

"허어, 왜들 잠자코 계시오! 들은 바가 있었을 게 아니오. 나만 모르고 있어서야 말이 되는가!"

광해군은 용안을 붉히면서 옥음을 높였다. 앉아 있기조차 민망한 노릇임을 감지한 듯 이항복이 입을 열었다.

"아뢰옵기 황공하오나 임해군을 면질14할 것이라 들었사옵니다."

명나라 차관들이 직접 임해군을 대면하여 물어보겠다는 것이다.

"면질이라고 하시었소?"

"그, 그러하옵니다. 전하."

광해군은 연상을 내리치며 더욱더 옥음을 높였다.

"면질이라니! 대체 저들이 임해 형님을 만나 무엇을 물어본다는 것인가! 무엇을!"

신료들은 잠시 숨을 죽였다. 임금의 노기가 좀 잦아들기를 기다리는 것이었다. 얼마 후 이항복이 정중히 고했다.

---

14 면질(面叱): 대면한 자리에서 꾸짖음.

"아뢰옵기 황공하오나, 명나라에서 임해군이 스스로 보위15를 사양한 것으로 알고 있사온데, 그것을 물어볼 것으로 사료되옵니다."

"……."

광해군은 가쁜 숨을 몰아쉬고 있었다. 자신이 세자의 자리에 오른 지가 무려 17년 전이며, 왜란이 있을 때는 수많은 명나라 장수들이 다녀가지 않았던가. 그들이 돌아가 조선에 세자가 있음을 알렸을 것이며, 또한 임해군이 왜장 가토 기요마사에게 포로가 되었다가 풀려난 다음부터 성품이 난폭해졌음도 전해졌을 것이 분명한데, 이제 와서 무엇을 더 물어볼 것이 있다는 것인가. 광해군은 어금니를 씹었다. 노기 가득한 모습으로 숨을 몰아쉬었다.

"전하……."

이원익이 조심스럽게 입을 열었다.

"말씀하세요."

"오는 차관을 막을 수는 없는 일이옵니다. 그들을 극진히 맞이하여 일이 파국에 이르지 않도록 하는 방도를 강구해

---

15 보위(寶位): 왕위(王位).

야 할 때인 줄로 아옵니다. 신 등이 모든 정성을 다하여 차관들을 만날 것이옵니다. 너무 심려치 마옵소서.”

중신들의 배알은 이렇게 끝났다.

마침내 6월 15일, 명나라의 차관인 엄일괴와 만애민이 한성에 들어와 대소 신료들의 극진한 영접을 받으며 남별궁에 여장을 풀었다.

다음날인 16일에 이원익, 이항복, 이덕형, 심희수 등의 원로들이 남별궁으로 나아가 명나라에서 온 차관들에게 정중한 예를 올렸다. 하지만 그들의 노골적으로 거들먹거리는 태도에 원로들의 심사는 몹시 불편했으나 내색할 수도 없었다.

엄일괴는 임해군을 직접 만나야 한다고 고집을 부렸다. 그리고 임해군을 만나기 전에 광해군도 만나야 한다는 주장을 꺾지 않았다.

남별궁을 나온 중신들은 광해군의 배알16을 청했다.

“도리가 없겠지요. 저들이 임해군을 보고자 한다면 만나

---

16 배알: 높은 어른을 찾아가 뵘.

게 해야지요. 또 나를 보겠다고 했으니, 나도 남별궁으로 나갈밖에……."

광해군은 중신들의 송구해하는 모습을 지그시 살피면서 무겁게 입을 열었다.

"송구하옵나이다, 전하."

이원익은 목이 메었다.

"경들이 송구해야 할 것은 없습니다. 다만 이 같은 수모가 다시 있어서는 아니 되겠다는 것을 명심해 주셨으면 합니다. 남별궁으로 나갈 채비를 서둘러주시오."

남별궁에 도착한 광해군은 엄일괴와 만애민의 영접을 받으며 자리에 앉았다.

"우리 조선 왕실의 일로 대국에까지 누를 끼치게 되었음을 미안하게 생각하고 있어요. 그대들이 만나고 싶어 하는 사람이라면 누구든지 만나게 해줄 것이니 기탄없이 접반사를 통해서 개진해 주세요."

광해군은 싸느랗게 식은 목소리로 말했다.

엄일괴와 만애민은 광해군에게까지 무례한 언동을 범할 수는 없었다.

"분별 있으신 말씀, 깊이 새겨두겠사옵니다."

"……."

달리 더할 말은 없었다.

"모든 일을 서둘러 살펴서 차관들의 불편이 없도록 조처하세요."

광해군은 배석한 중신들에게도 일렀다.

엄일괴는 광해군의 이모저모를 뜯어보고 있었다. 하지만 광해군의 언동은 그들에게 빈틈을 주지 않았다.

엄일괴와 만애민은 시선을 마주치며 고개를 끄덕일 수밖에 없었다. 광해군은 자리를 털고 일어섰다.

6월 19일. 서강 모래밭에 화려한 차일이 쳐졌다. 명나라에서 온 차관들이 임해군을 만나는 자리였다. 도성을 떠난 엄일괴와 만애민이 상석에 앉았고, 조선 조정에서는 이익, 이항복, 이덕형이 배석했다.

임해군을 태운 배는 강물에 떠 있었다. 차일 안에 있는 사람들은 숨을 멈추고 미끄러지듯 다가오는 나룻배를 지켜보고 있었다.

이원익은 마른침을 삼켰다. 이항복이나 이덕형도 마찬가지였다. 이윽고 나룻배가 멎었다. 임해군이 의금부도사의 부축을 받으며 배에서 내리는 모습이 보였다.

"어찌 될지……."

"천운에 맡길 수밖에……."

이항복과 이덕형은 임해군에게로 시선을 고정한 채로 속삭이듯 주고받았다. 임해군의 걸음이 얼마간 휘청거렸고, 곁을 따르는 의금부도사의 표정은 밝지 않았다.

일이 잘못되어 가고 있다고 이원익이 생각했다. 이항복과 이덕형도 같은 마음이었다.

임해군이 휘청거리다가 그대로 쓰러졌다.

"나으리!"

이원익이 자신도 모르게 소리치며 걸음을 내디뎠다.

"멈추시오!"

만애민의 싸늘한 목청이 울렸다. 이항복이 이원익을 제자리에 당겨 세웠다. 임해군이 다시 일어서서 걷기 시작했다.

"호송자는 저만큼 물러서시오!"

엄일괴가 호령했다.

임해군이 천천히 이원익의 앞에 이르러 걸음을 멈추어 섰다.

"영상 대감, 오랜만이올시다. 오, 백사도, 한음도……."

"……."

"모두들 다 옛 모습 그대로인데, 내 처지만 이 지경으로 변했구려."

이덕형은 눈을 감았다. 이젠 틀린 일이라는 생각이 들었기 때문이다. 엄일괴와 만애민이 지켜보는 자리에서 임해군은 정상적인 사람의 동태를 취하고 있었기 때문이었다. 이원익, 이항복, 이덕형이 절망하고 있는 가운데 임해군이 차관들 앞으로 걸어갔다. 세 사람의 중신들은 극도로 긴장하고 있었다.

"아무리 명나라에서 왔기로 어찌 조선의 제일 왕자를 이리도 푸대접하시오. 앉을 자리를 마련해 주시오."

여벌의 의자는 없었다. 만애민이 자신이 앉았던 의자를 임해군에게 보냈다.

"내게 물을 것이 있어서 찾았다고 들었소이다만, 이왕 만났으니 소상히 물어주시오."

임해군은 의자에 앉으면서 당당하게 입을 열었다.

"고맙소."

만애민이 입가에 웃음을 담으며 호기를 잡은 것 같은 표정을 지었으나, 이원익, 이항복, 이덕형은 이미 사색이 되어 있었다.

"왕자께서 풍질17을 앓고 계시다는 것이 사실이오?"

임해군은 대답 대신 크게 재채기를 하더니 얼굴을 일그러뜨리며 실쭉거렸다.

세 사람의 조선 중신들은 일제히 임해군의 얼굴에 시선을 고정했다.

"이는 황제 폐하의 하문이니 숨김없이 대답해야 할 것이오. 왕자의 풍질은 언제부터 시작되었소?"

"지난날, 나는 왜적에게 사로잡히는 신세가 된 일이 있었지. 한 나라의 제일 왕자가 그와 같은 수모를 겪게 되니 마음이 온전치 못하고 몸이 말을 듣지 않으니…… 사람들은 나를 보고 실성을 했다고도 하고 더러는 풍증이 있다고들 하는데, 정말이지 술잔을 들고 술을 마시고자 해도 온몸의 용을 써야 하는 지경일세. 명나라에 명약이 있다는 소문이 있으니 돌아가거든 약이나 좀 보내주었으면 하네."

"……."

자리에 있던 세 사람의 중신들의 낯빛이 정상으로 돌아오고 있었다. 임해군이 동복아우 광해군을 위해서 거짓 증언을 하고 있는 것이 분명했기 때문이었다.

"하면, 왕위를 사양했다는 것이 사실이오?"

"킬 킬 킬…… 이것 보시오! 내 이 병든 몸을 이끌고 죽지

---

17 풍질(風疾): 신경의 고장으로 생기는 온갖 병의 총칭. 풍기 또는 풍병이라고도 함.

못해 살고 있는데, 무슨 염치로 보위를 탐하겠소! 언제 죽을지를 모르는 내가 임금 자리가 무슨 소용이오!"

"보위를 사양한 사람이 역모에 연루된 것은 무슨 연유이오?"

"그걸 내가 어찌 알겠소. 내 수하들이 나를 옹립한답시고, 상전의 꼴을 이 모양으로 만들어 놓은 것이오. 이것으로 내 답은 다한 것이니 돌아들 가시오!"

"……."

만애민이 고개를 갸웃거렸다. 아무래도 미심쩍은 모양이었다. 임해군이 광기를 부린 것은 바로 그 순간이었다.

"이런 못된 것들이 있나! 네놈들이 아무리 대국에서 왔기로 조선국 제일 왕자의 말을 믿으려 들지를 않다니! 혼찌검이 나야 믿겠느냐! 네 이놈들!"

임해군은 의자를 번쩍 들어 엄일괴를 향해 힘껏 던졌다.

"아니, 저어! 조선국 대신들은 무엇을 하고 있소! 저 미친 왕자를 당장 끌어내지 않고!"

이원익, 이항복, 이덕형은 급히 두 손을 흔들어 짐짓 만류하는 몸짓을 하며 임해군 앞으로 다가갔다.

'나으리, 참으로 고맙소이다. 이제야 이 나라 종사에 서광이 있음이옵니다.'

'내 명색이 이 나라 조선의 제일 왕자이오이다. 어찌 종사가 중한 것을 모르겠소.'

말없이도 서로의 말을 알 수 있는 순간이었다. 종신들은 임해군의 깊은 속마음을 헤아릴 수 있었다.

"내 소임은 끝난 것 같소. 편히들 돌아가시오."

나직하게 말을 남기고 임해군은 돌아섰다. 그는 비틀거리며 나룻배를 향해 걸음을 옮기고 있었다. 그 모습을 바라보는 세 사람의 중신들은 눈앞이 점점 흐려졌다.

"영상 대감."

엄일괴가 근엄한 목소리로 이원익을 불렀다.

이들이 돌아서자 엄일괴가 다가왔다.

"조선 조정의 뜻에 아무 하자가 없다는 것을 오늘에야 알았소이다."

"고맙소이다."

명나라에서 온 차관들과 임해군의 면대는 이렇게 우여곡절을 겪으며 끝났고, 이로써 광해군의 즉위에는 문제가 없었던 것으로 되었다. 하지만 이렇게 무사히 처리되기 위해서 이들 차관들에게 은 오천 냥과 인삼 50근을 주었다.

지난한 과정을 거친 후 기유년 3월에 광해군은 조선 국왕을 책봉하는 고명을 받게 된다. 이렇게 충신들이 나라와 국왕을 위하여 혼신의 노력을 기울이는 동안에도 간신배들은 자신들의 권력과 재물을 탐하여 길고양이처럼 암약하고 있었다. 간신들이 다시 임해군에 관한 문제를 들고나온 것이다.

임해군을 처단해야 한다는 정인홍과 이경전의 상소에 대해서 이미 윤허하지 않는다는 교지를 내린 바 있었다. 그런데도 이번에는 사헌부와 사간원뿐 아니라 종친들까지 임해군의 처단에 가세하고 나선 것이다.

7월이 되자 이산해, 윤승훈 등의 원로대신과 무려 66명이나 되는 신료들이 합계하여 임해군의 처단을 청했으나 광해군은 윤허하지 않았다.

"어쩌시렵니까, 영상 대감?"

"……."

영의정 이원익은 입을 열지 못했다.

임해군을 처단해야 한다는 상소가 빗발치듯하는데, 저희로서도 가부 간의 뜻을 밝혀야 할 때라고 봅니다만……."

좌의정 이항복이 무겁게 입을 열었다. 영의정 이원익과 우의정 심희수는 한숨만 쏟고 있었다. 바로 이 세 정승이 '전은설'을 주장한 사람들이었다. 즉 임해군의 목숨만은 보전해야 한다는 주장을 편 사람들이 아닌가.

"사직을 청할 수밖에요. 전은설을 입 밖에 낸 사람들이 임해군을 처단하는 데 동조할 수는 없질 않습니까."

"이원익이 비통한 어조로 제의했다. 이항복과 심희수도 동조했다. 세 정승은 편전으로 나아가 스스로 물러날 것을 청했다.

"경들의 뜻은 알고도 남습니다. 하지만 나는 임해군에게 다시 벌을 내릴 수 없으니 그대로 남아서 국사에 전념해 주셨으면 합니다."

"전하."

"잠자코 계세요. 나는 경들의 전은설을 따르고 있습니다. 경들도 나와 같이 전은설을 지켜야 합니다. 그것이 나를 돕는 일이며, 정무를 바로 살피는 것입니다."

"······."

세 정승이 물러나자, 광해군은 처남인 우부승지 유희분을 불렀다.

"어서 가서 정인홍을 만나주었으면 합니다."

어전에서 물러난 유희분이 한강 변으로 자비를 몰아 한여름 툇마루에 나와 앉아있는 대북 세력의 우두머리인 정인홍을 만났다.

정인홍, 그는 서산 출신으로 조식의 문하생으로 벼슬길

에서 자신과 뜻이 다른 정철, 류성룡 등을 탄핵하는 등의 행태를 보였던 인물이다. 하지만 선조가 승하한 후에 광해군이 즉위하는 데 공을 세운 연유로 당대에 권력의 핵심으로 부상하여 있는 사람으로 광해 임금도 함부로 할 수 없는 영향력을 가진 인물이다.

"대체 뭘 하자는 우부승지야. 전하를 바로 보필하는 것이 승지의 소임이거늘, 게다가 사사롭게는 외척의 신분인데 왜 옳은 말을 입에 담지를 못하는가?"

정인홍이 선수를 쳐서 유희분을 질책하고 나왔다. 유희분은 말을 못 하고 예를 올린 후 단정히 꿇어앉았다.

"말이 되는가! 역적의 괴수를 살려 놓고 뭘 어쩌자는 것이야! 전하의 주위가 변변치 못해서 일이 매듭지어지지 않고 있음일세!"

"대감, 동기간의 우애를 생각하시는 주상전하의 심기를 헤아려 주셨으면 하옵고, 서둘러 입궐하시어 우찬성의 소임을 해달라는 전하의 하교를 전해 올립니다."

"일없네. 같은 상소를 두 번 세 번 올려도 가납이 되지를 않으면 이미 주상의 신하가 아닌 것이야. 그만 돌아가게!"

유희분의 말도 듣지 않고 자신의 소신만 밝힌 정인홍은

몸을 일으켜 방으로 들어가고 말았다. 유희분은 물러나올 수밖에 없었다.

정인홍은 다음 날 우찬성마저 사임하겠다는 상소를 올리고 향리인 합천으로 내려가고 말았다. 정인홍의 태도가 이러하자 조정의 젊은 관원들과 사림들은 임해군의 처형을 극렬하게 주장하고 나섰다.

이제 광해군은 대소 신료들과 마주 앉기조차 겁이 날 지경이었다. 그렇지만 광해군은 동복형님인 임해군의 목숨을 부지해 주기 위한 다짐을 굳게 하고 있었다. 하지만 그 다짐도 오래가지 못하고 말았다.

1609년(광해군 1년) 4월 그믐날, 강화 교동으로부터 실로 엄청난 소식이 날아든 것이다.

"임해군께서 세상을 떠나셨다 하옵니다."

"……."

광해군은 눈앞이 캄캄해지는 참담한 나락으로 빠져들 수밖에 없었다. 엇그제까지만 해도 임해군의 목숨을 지키기 위해, 빗발치는 상소를 모두 불윤하지 않았는가.

"왜 갑자기! 대체 무슨 연유라더냐?"

"음독이라 하옵니다."

"으, 음독, 음독이라니?"

"아뢰옵기 황공하오나, 전하의 심기가 편안하지 않으심을 염려하시고……."

자진[18]이라는 뜻이 아닌가. 자신을 처단하라는 대소신료들의 상소로 인해 주상이 되어있는 동복아우의 고초가 큰 것을 알고 스스로 목숨을 끊었다는 것이다. 도성이 아닌 절해고도에서 벌어진 일을 어찌 쉽사리 믿을 수가 있단 말인가.

"호조참판을 들라 이르라!"

광해군은 비통한 어조로 명했다. 호조참판 유희분은 앞에서 언급했듯이 광해군의 처남이다. 처남 유희분이라면 알고 있는 내막을 사실대로 고하리라 믿었기 때문이다.

"전하, 무엇이라 위안의 말씀을 올려야 할지…… 오직 눈물이 앞을 가릴 뿐이옵니다."

"믿어지질 않습니다. 형님이 자진을 하시다니요. 자진이라도 그렇지요. 목을 매셨다면 모를까, 음독이라니요? 형님께서 비상[19]이라도 지니고 있었다는 말입니까?"

"망극하옵니다."

---

18 자진(自盡): 자살(自殺).
19 비상((砒霜): 비석(砒石)을 태워 승화(昇華)시켜서 만든 결정체의 독약.

"서둘러 사람을 보내서 세세히 살펴야 할 것으로 압니다."

"명심하여 거행하겠사옵니다."

유희분이 편전을 나간 뒤에도 광해군은 눈물을 멈출 수가 없었으며 또한 의혹을 떨칠 수가 없었다. 아무리 형님의 성품이 광포하다 해도 명나라의 차관들을 만난 자리에서 나라의 안위를 위해 동생인 자신의 편을 들어주지 않았던가.

항간에 떠도는 소문은 음독이 아니라 독살이라는 것이었다. 이이첨이 그리 시켰다는 것이었다. 강화 현감 이직이 별장 이정표를 시켜서 임해군을 살해했다는 전말[20]을 『연려실기술』에서는 다음과 같이 기록하고 있다.

광해가 처음에 임해를 교동도에 가두었을 때 이현영이 현감으로 있었다. 이이첨이 현영의 인척인데, 임해를 죽여서 화근을 없애라는 뜻을 암시하니 현영은 노하여 낯빛이 변하여 이이첨의 말에 따르지 않았다. 이에 이이첨이 도당에 지시하여,

---

20 전말(顚末): 일의 처음부터 끝까지의 양상.

'현영은 죄인을 지키는데 게으르다'는 죄로 탄핵하니 옥에 내려져서 일이 헤아릴 수 없게 되더니 마침 대사령이 있어서 석방되었다. 이직을 현영의 후임으로 보내서 끝내 임해를 죽였다.

참으로 어처구니없는 일이었다. 사실이 이와 같다면, 전말을 소상히 알리라는 광해군의 당부가 지켜질 수가 없었다.

"자진으로 밝혀졌사옵니다."

광해군은 애통한 심정을 가눌 길이 없었다. 광해군은 휘청거리는 몸을 이끌고 인목대비가 있는 청심재로 향했다. 어떤 일이 있어도 임해군의 목숨을 보전할 것이라고 대비께 약속한 적이 있었다. 설사 자신의 명에 의해서 세상을 떠난 것이 아니더라도 임해군의 죽음만은 자신이 직접 대비께 알려야 했다.

"얘긴 나도 들어서 알고 있습니다만, 이와 같은 일이 주상의 성덕21에 누가 될까 걱정입니다."

---

21 성덕(聖德): 임금의 덕.

"……."

광해군의 두 볼로 눈물이 흘러내렸다.

"압니다. 내가 주상의 심기를 잘 압니다. 언젠가는 주상께서 임해군을 풀어 주시리란 것을 믿고 있었습니다. 사람들은 음독이라고들 합니다마는 혹여 불미스러운 일이 있었는지 두렵기도 하구요."

인목대비는 임해군이 독살로 세상을 떠났음을 알고 있었다.

"불미스러운 일이라니요?"

광해군은 충혈된 눈으로 인목대비를 건너보며 물었다.

"세상일이 하도 어수선하여 입에 담아보았을 뿐입니다. 근자에 강화 현감이 바뀐 것도 미심쩍구요."

"……."

광해군은 인목대비의 말을 의미심장하게 받아들이고 있었다. 이현영을 이직으로 바꾼 일이 뇌리를 스쳤다.

"대비마마, 좀 소상히 말씀해 주셨으면 합니다."

"아닙니다. 구중궁궐에 묻혀 있는 아낙이 소상히 알 까닭이 없질 않습니까? 내가 믿는 것은 오직 주상의 성덕뿐입니다."

인목대비는 끝내 이이첨의 소행임을 입에 담지 않았다.

자칫 했다가는 화를 자초할지도 모르는 일이기 때문이었다.

"이만 물러가옵니다."

"원로대신들의 의견을 소중히 하세요. 나라를 경영하는 일은 경륜이 으뜸입니다."

"명심하겠사옵니다."

편전으로 향하는 광해군의 발걸음이 허둥거렸다. 편전으로 오르면서 소리를 높였다.

"어서 동부승지를 들라 이르렷다!"

동부승지는 이이첨이다. 지난번에는 호조참판 유희분에게 전말을 살피라 명했으나 사건이 제대로 풀리지 않았다. 하여 이번에는 동부승지 이이첨을 찾은 것이다. 이이첨이 바로 당사자란 것을 광해군이 어찌 짐작이나 할 수 있으랴.

이이첨이 반짝이는 눈초리를 이리저리 굴리면서 탑전에 부복했다.

"아주 긴요한 당부가 있어서 동부승지를 불렀어요."

"전하, 하교하여 주시옵소서."

"내가 며칠 전 호조참판에게 당부하여 강화 교동에서 있었던 일을……."

광해군은 제대로 말을 이어가지 못했다

"임해군이 음독한 일에 대한 전말을 세세히 알아 오게 하였으나, 강화 현감의 장계와 다를 바가 없었어요."

"……."

"강화 교동은 절해고도가 아니오? 임해군은 위리안치되어 있는 몸이라 식음마저도 넣어주는 대로 취할 수밖에 없는데 음독이라니요? 만약 교동에 간교한 무리들이 섞여 있었다면 불미한 일이 일어날 수도 있질 않겠소."

"……."

이이첨은 가슴이 쿵쿵거렸다. 핏기가 치솟고 있음도 느꼈다. 그는 온 힘을 다해 태연함을 가장하고 있었다.

"어찌 생각하시오? 사실이 그와 같다면 이는 마땅히 다시 살펴야 할 일이 아니겠소."

"전하!"

이이첨은 자신도 모르게 목소리가 높아졌다. 태연함을 가장하려다가 생긴 일이었다. 하지만 듣는 광해군에게는 그것이 자신감으로 보였을 수도 있는 일이었다.

"지친22을 아끼시는 전하의 애통하신 심기를 신이 어찌

---

22 지친(至親): 매우 가까운 친족.

모르오리까. 다만 강화 현감의 장계가 있었음에도 전하께 옵서는 호조참판에게 다시 살피라 명하신 바가 있었사온데, 이제 신에게 그 일을 다시 명하심은 천부당만부당한 일로 사료되옵니다. 엎드려 생각하옵건대 강화 현감의 장계를 믿지 않으심은 조정의 일을 믿지 않으심이 되옵고, 호조참판이 사사롭게는 전하의 인척인데 이를 또한 믿지 못하신다면 어찌 신의 말인들 믿으실 수 있으리까. 바라옵건대 전하와 종사를 위해 목숨을 버린 임해군의 죽음을 헛되이 마시옵소서."

"……."

광해군은 반박할 말이 없었다. 이이첨은 자신의 논변에 스스로 취하고 있었다. 필경은 이런 일이 있을 것을 예상하고 미리 머리를 짜서 수없이 연습을 해두었던 말이다. 그의 논변은 더욱 힘이 실렸다.

"전하, 신 동부승지 이이첨은 임해군의 죽음을 살신성인의 고귀한 처신으로 보고 있사옵니다. 지금 승정원에서는 역괴23 임해군을 극형에 처하라는 상소가 산적해 있사옵

---

23 역괴(逆魁): 역적의 우두머리.

고, 전하의 우애하심이 이를 불윤하고 계심으로 인해 대소
신료들은 위아래의 눈치를 살피느라 곤혹스러운 하루하루
를 보내고 있는 줄로 아옵니다. 이러한 때에 임해군이 스스
로 목숨을 끊어 전하의 미편하신 심기를 덜어드리고 맺혀
있는 종사의 난제를 풀어주었다면, 전하께서는 지친을 잃
으신 설움을 참으시고 종사의 일을 살피셔야 할 것으로 사
료되옵니다. 유념해 주시옵소서.”

칼날 같은 논변이었다. 자신의 논변에 이이첨 스스로가
감동하였다. 광해군은 이에 반박할 수가 없었다.

“알겠소. 경의 청함을 받아들일 것이나, 임해군의 장례
절차만은 내 뜻을 따라주시오.”

“하교해 주시옵소서.”

“임해군이 비록 음독을 했다 하나, 이를 막지 못한 교동
별장에게는 마땅히 죄를 물어서 다스려야 할 것이며, 경기
감사에 명하여 관작을 내리게 하여 완자의 예에 따라 명정
을 세워 후장토록 하시오.”

이이첨은 편전을 물러나면서 자신의 계략이 무탈하게 잘
처리되어 가고 있음에 대하여 남모르게 홀로 흐뭇한 미소
를 지었다. 간신 이이첨이 꾸밀 더욱 잔혹한 악행은 아직
남아있는 중이었다. 이이첨의 머릿속은 이어서 진행할 계

략으로 복잡하게 돌아가고 있었다.

1613년(광해 5년) 5월. 의금부 마당에서는 비명 소리가 그치지 않았다. 말 그대로 피바람이었다. 죄인을 심문하는 추관24들은 어떻게든 인목대비의 아버지 연흥부원군 김제남과 영창대군의 연루 사실을 기정사실로 하려고 혈안이 되었고, 죄인들은 살이 찢기면서 죄를 부정하고 있었다.

초하룻날에는 서양갑의 스승 격인 이사호와 김건, 박치인, 이경준, 박치강, 박치웅 등이 불려 나와 혹독한 문초에 시달렸으나 불복으로 일관했다.

5월 4일. 급기야 김제남이 탄핵을 받기에 이른다. 문초에 따른 것이 아니라 사간원에서 김제남을 탄핵하는 상소를 올린 것이다. 사람들은 이 또한 이이첨의 교사일 것이라고 입을 모았다. 문초로 자백을 받아내지 못하자, 이번에는 탄핵 상소를 올려 김제남을 연루시키려는 음모였다. 상소의 내용도 자못 격렬했다.

임해군 제거에 성공한 세력들은 하나 남은 위협 세력인 영창대군을 제거하기 위하여 먼저 영창대군의 외할아버지

---

24 추관(推官): 예전에, 추국(推鞫)할 때 죄인을 신문(訊問)하는 관원을 이르던 말.

인 김제남을 처결하려는 음모를 본격적으로 진행한 것이
다.

연흥부원군 김제남은 자신이 국구가 되어 평상시의 행동에
조금도 어렵게 여기고 꺼리는 일이 없어 한강의 별영을 제 마
음대로 헐어버리고 정자를 지었으니 이미 더 말할 것 없사오
며, 대궐 안에서 유숙하기를 한두 번이 아니옵니다. 이미 오래
전부터 이를 들은 사람들은 놀라지 않는 이가 없는데, 지금 대
군의 이름이 이미 역적의 공초에 나왔으니 제남은 마땅히 거
적을 깔고 엎드려 처분을 기다리기도 바쁠 것인데, 조금도 아
랑곳없이 평상시와 같이 집에 있사오니 그 죄는 결코 용서할
수 없는 것이옵니다. 마땅히 관직을 삭탈하여 국법의 엄중함을
보여주심이 옳을 줄로 아옵니다.

광해군은 망설이지 않을 수가 없었다. 인목대비의 얼굴
이 눈앞에 어른거렸기 때문이다. 그러면서도 한편으로는
김제남의 소행이 괘씸하다는 생각이 들기도 했다. 이제 겨
우 여덟 살 난 외손자를 앞세워 종사를 도모하려 했다는
것. 설령 그것이 선명하게 드러나지 않았다고 해도 광해군
으로서는 그냥 웃으며 들어 넘길 수 있는 문제가 아니었다.

그만큼 광해군의 심기는 뒤집어지고 있었다.

"김제남을 파직하라!"

일은 확대되어 가고 있었다. 살아있는 인목대비의 아버지를 파직한다는 것은 장차 영창대군마저도 논죄의 대상이 될 수 있다는 의미다.

"전하, 파직은 지나치옵니다. 아직은 비행이 드러나지 않았사옵니다. 그리고 무엇보다 대비마마의 심중도 생각하셔야지요."

"……."

중전 유시의 말에 광해군은 후회하는 기색을 보였다. 심기가 여린 탓일까. 광해군은 가끔 이런 혼돈에 빠지는 경우가 있었다.

이미 파직한 것을 이제 와서 후회한들 무슨 소용이 있으랴. 인목대비가 잠자코 있을 까닭이 없었다. 비록 어린 나이로 대비의 자리에서 물러나 있다고 해도 남달리 총명한 인목대비가 아닌가. 게다가 지금 왕실에서는 가장 웃어른이 아닌가. 그녀의 노성이 청심재를 울렸다.

"당장 가서 주상을 데려오렷다!"

그렇다고는 하나 광해군이 순순히 대비의 명을 따를 마음도 아니었다.

"주상이 아니 오겠다면 중전이라도 데려와야 할 것이 아니더냐!"

청심재에서는 숨소리도 들리지 않았다. 영창대군의 유모 춘개와 대군의 보양상궁 덕복 등을 비롯한 변 상궁, 엄 상궁은 제발 중전이 와주기를 학수고대하고 있었다.

중전 유씨로서도 마냥 미루고만 있을 일이 아니었다. 언젠가는 한번은 겪어야 할 일이었다.

"대비전으로 갈 것이니라."

중전 유씨는 대비전으로 들어섰을 때 수많은 눈초리가 자신을 쏘아보고 있음에 순간 몸이 움츠러들었다. 인목대비의 곁에는 정명공주와 영창대군이 앉아 있었고 또 그 주위에는 십여 명의 궁인들까지 앉아 있었다.

"너희들은 나가 있어라!"

인목대비가 차분히 그러나 위엄 있는 목소리로 명하자 궁인들이 먼저 일어서 나가고 그 뒤를 따라 정명공주와 영창대군이 나갔다.

"대비마마……."

중전 유 씨가 조심스럽게 입을 열었다. 그간의 경위를 고해 올리려는 생각이었으나, 인목대비의 노성 일갈에 중전 유씨는 머뭇거렸다.

"무엇이오? 대체 주상이 원하는 것이 무엇이란 말이오!"

"……."

"중전은 아실 게 아니오. 저 어린 것들까지 잡아 죽이고서야 옥사를 멈추겠답니까!"

대비는 평정을 잃고 있었다. 아버지 김제남이 파직되었다는 것을 거론하고 있는 것이 아니라, 영창대군의 일을 말하는 것이었다. 중전 유 씨는 애원하듯 다시 입을 열었다.

"대비마마……."

"왜, 내 말이 틀렸다는 것이오? 얼토당토않은 옥사를 만들어서 죄 없는 내 아버님을 파직시켰으니 이제 곧 사약을 내려서 내 가슴에 한을 심을 것 아니오. 그다음에는 나이 어린 영창대군의 차례가 아니오! 내가 어디 주상의 검은 속을 모를 것 같아요!"

"대비마마, 말씀이 지나치시옵니다. 어찌 그렇듯이 엄청난 말씀을……."

"지나친 것은 내가 아니라 주상과 중전이오!"

소리소리 지르는 대비의 서슬이 너무도 퍼레서 중전은 무어라 말을 붙여볼 수가 없었다.

"선왕께오서 승하하셨을 때, 아무런 말썽 없이 주상을 즉

위할 수 있도록 한 것이 바로 나요. 어찌 이럴 수가 있어
요?"

"……."

"하늘이 가만두지 않을 것이오. 그리고 선왕의 유교를 받
은 일곱 신하가 있어요! 유영경과 허성은 이미 죽었다 하나
나머지 다섯 사람이 있으니 그들도 가만히 두고만 보지는
않을 것이오!"

"……."

"어서 가서 주상께 전하시오! 내 아버님 연흥부원군은 마
땅히 복직되어야 하고, 더 이상의 옥사가 있어도 아니 되
며, 우리 대군에게 누가 되는 일이 생겨서는 천벌을 면치
못할 것이라고!"

"……."

중전 유씨는 제대로 말도 못 하고 대비전을 물러났다.

5월 6일의 일이었다.

"김제남을 하옥하라!"

서소문에 있는 김제남의 집은 온통 통곡으로 가득했다.
대비의 아버지 김제남과 그의 아들 김내가 들이닥친 의금
부 나졸들에게 묶였기 때문이었다. 변명의 여지도 항변의
기회도 없었다.

"대감마님, 대감마님……."

수많은 하인 종속들은 멀어져가는 김제남의 뒷모습을 바라보며 오열했다. 길은 구경하는 사람들로 인산인해를 이루고 있었으나, 누구도 입을 열지는 못했다. 더러는 눈물을 흘리는 사람들도 있었다.

5월 7일. 정협의 공초25가 다시 한 번 김제남의 죄상을 무겁게 했다. 정협의 진술은 이러하였다.

제남이 늘 말하기를, 역적이 매양 일어나 인심을 흩어지게 하니 종사를 어렵게 하리라고 하였으며 또 여러 차례 말하기를 주상은 외롭고 조정에는 강직한 신하가 없으므로 영창대군을 임금으로 세우려고 한다고 하였습니다. 그 자리에는 이정구, 김상용, 김상준, 정사호, 서성, 안창, 심광세, 최기남, 이시익, 변응성, 황신 등이 있었습니다.

이렇게 되자 정협의 공초에 거명된 사람들이 옥사에 말려들게 되었다.

---

25 공초(供招): 조선 때, 죄인이 범죄 사실을 진술하던 일. 공사(供辭).

혐의를 받은 사람들은 광해군 앞에 나와 이 같은 사실을 예외 없이 모두 부인했다. 하지만 간신들의 계략대로 옥사는 착착 진행되고 있었다.

영의정 이덕형과 좌의정 이항복은 이러한 때에 정승의 자리에 앉아 있는 것이 안타까웠다.

"어찌할 생각인가?"

이덕형이 이항복에게 침중한 목소리로 물었다.

"줄여야 되겠지. 다른 방도가 없지 않은가."

이덕형은 고개를 끄덕이며 입을 다물었다. 이덕형과 이항복. 묻는 사람이나 듣는 사람이나 괴롭기는 마찬가지일 것이었다. 이들이 이번 옥사의 일을 개진한다면 약속이 없다 해도 같은 의향일 것이었다. 우선 옥사를 줄여 놓고 볼 일이었다.

이항복과 이덕형은 그런 쪽으로 조정의 분위기를 이끌어 갔다. 이정구, 안창, 조희길, 심광세, 김광욱, 조위한 등이 목숨을 건지게 된 것은 모두가 이들의 공일 터이다.

김제남, 영창대군, 인목대비 등에 대한 논죄는 뒤로 미루어 둔 채 옥사는 서서히 매듭지어지는 것 같았다.

1613년(광해군 5년) 5월 23일.

급기야 진사 이위경 등 22명이 다음과 같이 상소하여 김제남과 영창대군의 처형을 주청했다.

　역적을 모의한 것은 천하의 큰 죄요, 역적을 다스리는 것은 천하의 큰 법입니다. 죄가 있는데도 법을 쓰지 않으면 군신의 대의가 끊어지고 천하의 떳떳한 법이 어지러워지옵니다. 신등이 보옵건대, 김제남 등이 의를 빙자하여 역적모의를 한 것은 실로 전에 없던 변고이옵니다. 다행히도 조종의 말 없는 도움에 힘입어 역적의 무리가 자백하여 흉측한 범죄가 남김없이 드러났으므로, 이제 큰 법으로 큰 죄를 다스려야 하는데도 떳떳한 형벌을 시행하지 아니하여 인심이 더욱 답답해지옵니다. 다행히도 조종의 말 없는 도움에 힘입어 역적의 무리가 자백하여 흉측한 범죄가 남김없이 드러났으므로, 이제 큰 법으로 큰 죄를 다스려야 하는데도 떳떳한 형벌을 시행하지 아니하여 인심이 더욱 답답해지옵니다…….

　이러한 상소에 접한 광해군은 다만 다음과 같이 비답26을 내렸을 뿐이었다.

---

26 비답(批答): 상소(上疏)에 대한 임금의 대답.

소장의 사연은 잘 알았다. 착하지 못한 내가 불행하여 이런 망극한 변을 당하였는데 내가 차마 형벌을 가할 수 있겠느냐.

광해군은 김제남을 문초하지 않고 부처하라 명했으나 그 것은 오히려 김제남의 죄를 무겁게 한 것이었다.

다음날, 영의정 이덕형은 문무백관을 거느리고 광해군에 게 나아가 주청했다.

"전하! 역신 제남은 왕실의 인척이 되는 몸으로 불온한 무리와 내통하였고, 영창대군은 그들의 입에 거론된 바 되 었으니 용서할 수 없음이옵니다. 청컨대, 제남은 절도27에 위리안치하도록 하시고, 영창은 대궐 밖에 거처하도록 하 시옵소서."

광해군은 이덕형의 주청을 윤허하지 않았다.

"제남은 모르나, 영창까지 연루시킴은 옳지 못하오."

결국 이덕형의 주청은 받아들여지지 않았으나, 강경론자 들은 이덕형이 이같이 주청한 것에 대단한 불만을 토했다. 조정의 공론은 둘 모두를 사사28해야 한다는 것인데, 어찌

---

27 절도(絶島): '절해고도(絶海孤島)'의 준말. 육지에서 아주 멀리 떨어진 외딴섬.
28 사사(賜死): 죽일 죄인을 대우하여 사약을 내려 스스로 죽게 하던 일.

하여 이덕형이 조정 공론을 무시하고 독단으로 그따위 주청을 하느냐는 것이었다.

이이첨이 이덕형에게 항변했다.

"영상께서 주청한 것은 조정 공론이 아니올시다. 백관들은 하나같이 율대로 형에 처하자고 하는데, 영상께서는 다만 밖으로 내치자고만 했으니 이는 독단입니다."

"나도 알고 있어요."

이이첨도 더는 어쩔 수가 없었다. 하지만 사헌부와 사간원의 주청이 봇물이 터지듯 하였다.

5월 28일, 광해군은 명령을 내렸다.

"김제남을 외딴섬에 위리안치하라!"

이 정도에 잠잠해질 일이 아니었다. 사간원, 사헌부에 이어 홍문관까지 나서 광해군의 어명에 불복했다.

위리안치는 부당하다. 김제남 사사. 영창대군 극형. 영의정 이덕형 파직. 좌의정 이항복 파직.

광해군은 지쳐가고 있었다. 광해군은 처남 유희분을 불러 의논했다. 유희분의 대답은 냉정했다. 공론을 따라야 한다는 것이었다.

5월 29일, 광해군은 영창대군에 대한 치죄를 명했다.

"영창대군 의는 장차 폐서인[29]하여 궐밖에 내칠 것이니 더 논의하지 말라!"

대소 신료들은 김제남에 관한 비답도 내릴 것이라 믿었으나, 광해군은 입을 다물고 말았다. 신료들은 다시 술렁거리기 시작했다. 실로 끈질긴 자들이었다.

광해군은 뜬눈으로 밤을 새웠다. 견딜 수 없는 고통을 견디고 있었다.

마침내 6월 1일.

"김제남을 사사하라!"

광해군은 뱉어내듯 입을 열었다.

김제남은 서서문 사저로 압송되었다. 사약을 마시게 하기 위해서였다.

"대비마마, 옥체를 보존하소서."

김제남은 식솔들의 통곡 소리를 들으며 사약을 마셨다. 향년 52세였다. 딸을 키워 중전의 자리에 오르게 되니 다시없는 광영이었으나, 그 광영도 시의[30]를 잘못 타면 죽음

---

29 폐서인(廢庶人): 벼슬이나 신분적 특권을 박탈하여 서인이 되게 함.
30 시의(時宜): 그 당시의 사정에 맞음.

을 맞는 것일까.

"아버님!"

김제남이 사사되었다는 소식을 접한 인목대비는 혼절하고 말았다.

변 상궁과 엄 상궁이 대비의 팔다리를 주무르고 전의가 다녀가는 소동이 있고서야 정신이 들었으나 흐르는 눈물을 주체하지 못했다.

"아버님! 이 불효 여식을…… 이 불효 여식을 용서하여 주소서…… 흑흑."

눈앞이 캄캄하고 정신을 제대로 수습할 수가 없었다. 그런데 앞으로 더 큰 일들이 기다리고 있었다.

7월 2일.

2품 이상의 중신들이 영창대군을 다른 지방에 위리안치해야 한다고 주청했다. 광해군은 이를 받아들이지 않았다. 김제남을 사사하라는 어명을 내릴 때, 영창대군 문제는 다시 거론하지 말라고 했던 것이다.

이 무렵, 이항복은 역적을 두둔했다는 혐의로 탄핵을 받아 자리에서 물러나 경기도 포천에서 근신하는 중이었으니, 정승이라고는 이덕형 한 사람만이 조정에 남아 있을 뿐이었다. 이이첨을 필두로 대사헌 윤효전, 대사간 송석경 이하 삼사의 젊은 관원들 등쌀에 이덕형은 영상인데도 불구하고 일방적으로 몰리고 있었다. 이덕형은 영창대군의 위리안치에 단연 반대했다. 그러나 삼사[31]의 기세를 혼자 막아내기에는 역부족이었다.

고심을 거듭하던 이덕형은 광해군의 탑전[32]에 나아가 사직을 청했다.

"전하, 역적의 무리가 꼬리를 물고 일어나 종묘사직이 위태로울 지경에 이른 것은 모두가 신이 용렬한 탓이옵니다. 또한 신의 힘으로는 대사를 감당하기 어렵사오니 직에서 물러나게 하여주시옵소서."

"당치 않는 말씀이오. 경이 영상의 자리에 있어, 이만큼이라도 수습이 되고 있음이라고 나는 믿고 있어요."

"……."

"영상, 나를 도와주시오. 경이 내 곁을 떠나가면 이 나라 종사가 어찌 될지 짐작할 수 없을 것이오. 아무 말씀 마시고 나를 도와주세요."

"전하……."

---

31 삼사(三司): 조선 때, 사헌부 · 사간원 · 홍문관을 이름.
32 탑전(榻前): 임금의 자리 앞.

이덕형은 목이 메었다. 광해군의 소망은 애원이나 다름 없었다. 이덕형은 편전을 나와 하늘을 올려다보았다. 하늘은 흐려있었다.

7월 중순으로 접어들자 이이첨은 마지막 공세를 가했다. 의정부 이하 육조와 삼사 등의 모든 부서가 집무를 중지해 버린 것이다. 영창대군을 위리안치시킬 때까지 정무를 살피지 않을 것이며, 이를 부당히 여긴다면 파직을 해달라는 시위이자 협박이었다. 여기에 종친들까지 가세했다.

7월 29일.

마침내 광해군은 조정 중신들을 대전으로 들게 했다.

"백관들이 모두 직무를 오래 비워두고 오직 논계33하여 고집하는 것이 여기까지 이르니 모두가 과인의 부덕한 탓이오."

광해군은 부복한 신료들의 모습을 세세하게 살피다가 무겁게 입을 열었다.

신료들은 허리를 굽히며 망극함을 보였다.

"과인의 부덕함이 경들에까지 수고를 끼치게 되었으니

---

33 논계(論啓): 신하가 임금의 잘못을 따져 논함.

안팎으로 미안함을 이기지 못할 따름이오. 이에 과인은 백관들의 아뢰는 바에 따라 영창대군 의를 서인으로 삼아 강화에 위리안치토록 할 것이오. 다만 자전34에게만은 궁궐 밖에 나가 살게 하는 것이라 고하라!"

광해군이 명을 내렸다.

인목대비가 거처하는 청심재는 밤이 깊어서도 등촉이 꺼지지 않았다. 영창대군을 내놓지 않으려는 대비책의 하나였다. 이렇게 한다고 왕명이 지켜지지 않을 수는 없는 법. 여덟 살 영창대군은 끝내 끌려 나갔다.

이렇게 끌려 나간 영창대군은 정릉동의 한 사가에서 며칠을 머물렀다. 그동안에 광해군은 의금부도사 박정생을 강화에 보내 영창대군이 기거할 거처를 손질하게 했다. 형으로서의 성의를 보인 것이다.

인목대비는 이 동안 영창대군이 어디서 무엇을 하고 있는지조차 모르는 채 식음을 전폐하다시피 했다.

8월 2일. 드디어 영창대군은 강화를 향해 떠났다. 그것은 다시 돌아오지 못할 길이었다. 영창의 위리안치를 주장

---

34 자전(慈殿): 임금의 어머니.

했던 자들은 비로소 가슴을 쓸어내렸으나 몇몇 노신들은 남모르게 눈물을 흘렸다. 이때 심희수는 이렇게 말했다고 한다.

임금께서 마땅히 대군을 무릎 위에 안고 앉아 과실을 먹이시면서, '역적이 너를 해치고자 하나, 내가 있으니 너는 놀라지 말라'고 해야만 하늘에 계신 선왕의 혼령을 위로할 수 있을 것인데, 이제 도리어 차마 할 수 없는 일을 했으니 반드시 우리나라를 보전하지 못할 것이다. 늙은 신하인 내가 일찍 죽지 못한 것이 한이로다…….

영창대군의 일을 애통하게 여긴 사람이 하나둘이 아니었지만, 그중에도 가장 가슴 아파한 것은 영의정 이덕형이었다. 8월 3일. 등청하자마자 올린 영의정 이덕형의 차자35는 대략 다음과 같은 내용이었다.

신은 오늘날, 전에 없던 변을 당하여 항상 전하께서 형제간

---

35 차자(箚子): 신하가 임금에게 올리던 간단한 서식의 상소문.

의 일로 마음 아파하시는 전교를 받들게 되니, 간담을 도려내는 것만 같아 잠도 못 자고 밥도 먹지 못하옵니다.

영창대군은 아직도 포대기를 떠나지 못한 나이온데 벌써 화의 장본인이 되어, 역적 임해군과 영경이 처단당한 것이 모두 영창대군 때문이라고 하니, 영창대군이 역적들의 핑계가 된 것은 그 내력이 이미 오랜 것이옵니다.

이날, 삼사에서는 영창대군의 사사를 주청하려 하고 있었다. 이덕형의 이 차자는 그런 움직임을 앞질러, 영창대군을 안치36시킨 것으로 충분하니 더 이상 형을 가하지 말아야 한다는 것이었다.

이에 대한 광해군의 비답은 모호하기 짝이 없었다.

이제 차자의 사연을 보니 경의 나랏일을 근심하는 정성이 보통이 아님을 새삼 알았도다. 그 정성에 매우 감동하고, 공경하는 바이로다. 지금의 인심이 매우 박정하고 사나우니 춘추의 의리를 아는 사람이 그 누구이랴.

---

36 안치(安置): 조선 때, 귀양 간 죄인의 거주를 제한하던 일. 또는 그런 형벌.

광해군의 비답은 이러했으나, 위리안치에 그치지 않고 영창대군을 죽여야 한다는 결의를 굳히고 있던 삼사에서 가만히 있을 리가 없었다.

홍문관 부제학 이성, 응교 한찬남, 이명, 교리 박정길, 이창후 등은 상소를 올려 이덕형을 공격했다.

영의정 이덕형이, 몸이 수상이 되어 임금이 욕을 보면 신하가 죽어야 할 시기에 의리를 주장하여, 법에 의거해서 역적을 치죄하기를 즐겨하지 않고 사특한 말을 너절하게 늘어놓았다.

이덕형이 수상의 몸으로, 그러한 기미를 억제하기는커녕 오히려 조장한 바 되었으니 마땅히 삭탈관직하여 국법의 추상같음을 보여야 할 것이옵니다.

광해군은 윤허하지 않았다. 그러나 사헌부, 사간원, 홍문관의 삼사에서는 번갈아 가며 끈질기게 이덕형의 삭탈관직을 주청했다.

결국 9월 19일에 광해군은 이덕형의 삭탈관직을 윤허했다. 그러나 삼사의 공격은 끈질겼다. 삭탈관직에서 끝나지 말고 이덕형을 사사할 것을 주청하고 나섰다.

"삭탈관직으로 충분하니, 이덕형의 일은 다시 거론하지 말라!"

광해군은 단호히 비답했다.

이덕형은 경기도 양근에 있는 농장으로 거처를 옮겼다. 그는 식음을 전폐한 채 종사의 앞날만을 생각했다. 덕형의 모습은 날로 초췌해져 가고 있었다. 시월에 이항복이 그를 찾아왔다.

"이 사람 한음, 대체 이 무슨 몰골이야."

이항복이 덕형의 손을 잡으며 놀라워했다. 항복의 눈에 비친 덕형의 모습은 죽음이 임박한 사람의 모습으로 보였다. 이덕형은 죽어가면서도 나라 석정을 하고 있었다.

"백사, 멀지 않아 폐모론이 나올 것으로 보이네, 폐모는 혼조로 가는 길이야."

"이르다 뿐인가. 참으로 앞이 캄캄하이."

이덕형의 농장을 떠나면서 이항복은 몇 번씩이나 뒤를 돌아다보았다. 이덕형과의 만남이 마지막이 될지도 모른다는 불길한 예감이 들었기 때문이었다. 덕형도 항복의 모습이 보이지 않을 때까지 움직이지 않고 서 있었다.

며칠 뒤인 10월 10일에 이덕형은 세상을 떠났다. 향년 53세였다. 아직은 아까운 나이였다. 그의 죽음은 너무나

초라했다. 삭탈관직이 된 몸으로 경기도 양근의 농장에서 병사했으니 말이다.

"한음 대감이 세상을 떠나셨다!"

"무어, 한음 대감이 돌아가셨어, 언제?"

"간밤에 돌아가셨어 글쎄."

양근의 용진 동리가 발끈 뒤집혔다.

"그게 무슨 소린가, 춘추가 아직 정정하신데……."

"그러게 말이야. 금년에 쉰셋이신데 말이야."

"한창 나랏일을 하실 때가 아니신가. 영창대군 일로 크게 상심하시더니, 기어코 울화병이 나시어 이렇게 세상을 뜨시고 마시는군 그려."

"기막힌 일일세. 자아, 이제는 나라의 대들보가 부러졌으니 어찌하면 좋다는 말인가."

"백사 정승 이항복, 오리 정승 이원익, 한음 이덕형, 이 세분이 없는 조정이 어떻게 돌아갈지 걱정이네 그려."

부고는 전인37을 통해 먼저 대궐로 들어가고, 생전에 가장 친한 벗이었던 이항복이 있는 한양 동교 노원 초당으로

---

37 전인(專人): 어떤 소식이나 물건을 전하기 위하여 특별히 사람을 보냄. 또는 그 사람. 전족(專足). 전팽(專伻).

들어갔다.

"대감께 아룁니다. 한음 대감께서 별세하셨습니다!"

"무어, 한음 대감이 별세하셨다고?"

이항복이 깜짝 놀랐다. 정신이 아득하다. 하늘이 노랗다. 기가 막혔다.

"전인이 왔사옵니다."

상노38는 부고 편지를 바쳤다.

부고를 받은 이항복의 손이 덜덜 떨렸다. 틀림없이 이덕형의 부고다. 이항복은 그래도 믿어지지 않는다. 이덕형은 자신보다 다섯 살 아래가 아닌가. 자신이 쉰여덟 살이니 이덕형은 아직 쉰셋이 아닌가.

자신이 먼저 죽어야지. 덕형이 먼저 가다니 말이 아니 되는 소리다.

"부고 가져온 사람을 불러라."

면대해서 이덕형이 돌아간 사정을 확인하고 싶었다.

상노는 부리나케 밖으로 나가 저만치 걸어가고 있는 양근에서 온 전인을 불러 가지고 들어왔다. 부고를 가지고 온

---

38 상노(床奴): 밥상을 나르거나 잔심부름을 하는 아이.

하인이 굽실하고 뜰아래에서 인사를 올렸다.

"네가 양근에서 왔느냐?"

"네, 그러하옵니다."

"대감께서 그래, 정말 돌아가셨단 말이냐?"

이항복이 숨을 몰아쉬며 묻는다.

"네, 그러하옵니다."

"대감께서 정말 돌아가셨단 말이냐?"

"네, 고만 별안간 세상을 떠나가셨습니다. 영창대군의 일로 울화병이 나시어 술만 드시고 음식을 전폐하시다가 세상을 떠나가셨습니다."

이항복의 눈에서 눈물이 주르르 흘러내린다.

"졸지에 돌아가시어 아무 유언도 없으셨다 하옵니다. 단지 운명하실 때 백사, 백사 하고 대감님의 호를 부르시며 떠나셨다 합니다."

마지막으로 자기의 호를 부르며 세상을 떠났다는 말을 듣는 이항복은 슬픔이 홍수처럼 북받쳤다. 참을 수가 없다. 백사는 마침내 목을 놓아 몹시 섧게 울었다.

1614년(광해 6년) 2월로 접어들면서 강화도에 위리안치되어 있는 영창대군의 배소에서는 천인공노할 음모가 추진되고 있었다. 영창대군의 증살39이 바로 그것이다.

마침내 영창대군이 갇힌 방문이 봉해진다. 그리고 아궁이에 불을 지핀다. 방 안은 찜통이 된다. 방바닥은 불덩이로 변한다. 만 여덟 살의 영창은 발붙일 곳이 없다. 답답함을 견디지 못해 파리처럼 벽에 붙어서 숨을 헐떡이다가 끝내는 방바닥에 넘어져 죽었다.

영창대군의 죽음이 조정에 알려진 것은 2월 9일이었다. 도승지로부터 영창대군의 죽음을 전해들은 광해군은 잠시 말없이 앉아 있었다.

"내가 덕이 없어 어린 것을 섬 가운데서 외로이 병들어 죽게 하였으니, 마음 아프기 그지없소. 그 상례40의 일은 강화부로 하여금 어김없이 치르게 할 것이나, 사람을 보내서 감찰하게 할 것이며 상례는 대군의 예에 따르도록 하시오."

"명심하여 거행하겠사옵니다."

도승지는 광해군의 탑전을 물러나왔으나 뒷일을 감당하기가 막연했다.

영의정 기자헌과 우의정 정창연은 계속해서 사직 상소를

---

39 증살(蒸殺): 쪄서 죽임.
40 상례(喪禮): 상중에 하는 예.

올리면서 등청41을 하지 않고 있었고, 좌의정 정인홍은 합천에 머물러 있으니 의정부의 정승은 한 사람도 없는 상태였다. 조정의 사정이 이러하니 모든 실권은 예조판서의 자리에 있는 이이첨에게 있을 수밖에 없었다. 승정원은 이이첨의 눈치를 살핀 끝에 영창대군의 상례는 대군의 예에 따를 수 없다는 것을 합계하여 주청하기로 했다.

의(영창대군)의 죽음에 이르러 그 제의42를 후히 하랍시오라는 전교를 받들고 전하의 우애하시는 깊은 정의를 어찌 몰랐겠사옵니까. 하오나 이미 종사에 죄를 얻어 속적이 끊어진바 되었으니, 그 상사의 일은 마땅히 공의에 따르는 것이 옳은 줄로 아옵니다. 신 등이 감히 전하의 뜻을 받들지 못함을 아뢰옵니다.

승정원에서는 무슨 벼락이 떨어질까 긴장했으나 광해군의 비답은 의외로 맥이 풀린 것이었다.

---

41 등청(登廳): 관청에 출근함.
42 제의(祭儀): 제사의 의식.

어린 몸으로 철이 없었으니, 이미 죽은 다음에야 후한 예로써 대우함이 해로울 게 무엇이랴. 허나, 아뢴 바가 공론에서 나왔다는 것 또한 의심한 바 없으니 아뢴 대로 속히 시행토록 하라.

일은 이이첨을 비롯한 간악한 무리들이 바라는 대로 흘러가고 있었다. 이들 무리들의 다음 목표는 인목대비를 폐모43시키는 것이었다. 그들은 서슴없이 다음 목표를 향해 일을 꾸며나갔다.

---

43 폐모(廢母): 왕이 왕대비를 그 지위에서 물러나게 함.

15. 철령 높은 재에

11월 22일.

홍문관, 사헌부, 사간원의 관원들 모두가 함께 하는 삼사의 회의가 있었다.

이 자리에서 대사헌 이각, 대사간 윤인, 부제학 정조, 세 사람은 최후통첩과도 같은 선언을 했다.

이미 폐모론은 조정의 공론으로 굳어졌으니 변동이 있을 수 없다. 명색이 벼슬아치요 사대라는 사람들은 이 일에 순종하느냐, 거역하느냐 하는 것으로 살고 죽는 것이 결정될 것이로다.

이 말은 곧 온 조정에 퍼져나갔고, 내로라하는 대신들도 모두 몸을 떨었다. 병을 칭하여 출사하지 않는 자가 더욱 늘어났고, 장안에 들끓던 유생들도 서둘러 낙향하는 사람이 적지 않았다.

이날 광해군은 유생들의 소1 아홉 통을 의정부에 내려 의견을 물었다. 그러나 의정부는 비어 있었다. 영상 기자헌과 우상 한효순은 병을 칭하여 나오지 않았다. 좌의정 정인홍은 물론 합천에 있었다.

어쩔 수 없이 의정부의 유충립은 광해군이 내린 소 아홉 통을 들고 기자헌의 집으로 갔다.

기자헌은 폐모를 독촉하는 상소들을 읽고 나서 말했다.

"지금은 이미 날이 저물었고, 다른 대신의 의견도 모두 들어야 할 것이니 우의정에게 가서 보이게."

기자헌은 폐모론에 물론 반대하였다. 그러나 혼자의 힘으로 막아낼 수 있는 일이 아니기에 이같이 말을 한 것이었다.

유충립을 맞이한 우의정 한효순은 유생들의 상소를 아예 훑어보지도 않고 대답했다.

"나는 지금 병으로 휴가 중이 아닌가. 정신이 맑지 못하니 차마 열어볼 수가 없네."

유충립은 기자헌의 집으로 다시 돌아와 이 같은 사실을 고했다.

기자헌은 긴 한숨을 내쉬었다.

---

1 소(疏): 임금에게 올리던 글.

"그렇다면, 오성부원군이나 봉래부원군도 대신의 반열에 있으니 낭청을 시켜 의견을 묻도록 해야 할 것이네."

"예, 그리 행하겠사옵니다."

유충립을 보내고 나서 기자헌은 깊은 고뇌에 빠졌다. 56세의 기자헌은 이 일이 인생의 마지막 고비임을 느꼈다. 삼사의 위협이 아니더라도, 폐모론에 반대하고는 살아남기 어렵다는 것을 너무도 절실하게 깨닫고 있었다. 그렇지만 이 나라는 윤리와 기강의 나라가 아니던가. '폐모를 한다면, 광해군은 패덕의 이름을 만세에 남기리라. 두고만 볼 수는 없다.' 기자헌은 어려운 결단을 내렸다. 그러고는 곧 지필묵을 챙겨 한 통의 차자2를 쓰기 시작했다.

다음날인 11월 23일에 광해군에게 올린 기자헌의 차자는 다음과 같은 내용이었다.

신은 본래 배운 것이 없는 사람으로, 마침 인재가 모자라는 시기를 만나 정승의 반열에 올랐사온데, 이제 만일 신이 주장하여 대비를 폐한다면, 국사에 기록되어 신만이 만세의 공정한

---

2 차자(箚子): 신하가 임금에게 올리던 간단한 서식의 상소문.

도의에 죄를 얻을 뿐만 아니라, 또한 반드시 전하의 성조에 수치가 될 것이옵니다.

하물며 지금 영부사 이항복과 좌의정 정인홍이 밖에 있고 전 우의정 정창연은 문을 닫고 나오지 아니하며, 우의정 한효순은 병으로 누웠으니 신이 홀로 조정에서 막중 막대한 일을 어찌 처단하겠사옵니까?

옛날 고수가 그 아들 순을 항상 죽이고자 하였으나 순은 더욱 정성으로 어버이를 섬겼을 뿐이옵니다. 대비께서 이미 다른 궁중에 홀로 계시온데, 만일 슬픔과 근심으로 병이 되고 하루 아침에 불우한 변이 생긴다면 전하께옵서 장차 천하를 어찌 호령할 것이옵니까?

원하옵건대, 전하께옵서는 모든 일을 두렵게 여기시어 심사 숙고하시옵소서. 신이 비록 변변치는 못하오나 나라에 충성하고 임금을 아끼는 정성은 소원한 사람의 아래로는 가지 않을 것이옵니다. 만약 신의 의논이 허망한 것이라면, 비록 내쫓기고 죽임을 당하더라도 사죄하지 않겠사옵니다.

여러 대신들은 앞으로, 집에 있어 알지 못하였다 할 것이나, 이항복, 정인홍, 정창연, 한효순 등에게 하문해 보시고 또 조정의 논의를 널리 들어 처리하시면, 반드시 국가를 위하여 좋은 계책을 드리는 사람이 있을 것이옵니다.

근래에 천기가, 동짓달인데도 불구하고 수십 일을 안개가 낀 가운데 뇌성이 밤부터 낮까지 잇따르니, 반드시 부르는 바가 있는 것이오니 장차 무엇이 여기에 응할지 모르겠사옵니다.

참으로 절절한 기자헌의 차자였으나 시기를 잃고 있었다. 이미 조정은 백관들을 모아 수의하기로 뜻을 모은 다음이었다. 수의란 모든 문관과 무관들을 모아 의견을 듣는 것을 말한다. 이와 같은 연유로 기자헌에게 중한 벌을 내려야 한다는 주장이 빗발치듯 일어났다.

11월 25일.

마침내 백관들의 수의가 시작되었다. 현안인 폐모의 일을 놓고 백관들은 명백한 의견을 말해야 하는 것이었다. 광해군은 어머니를 폐하는 일을 신하들에게 일임한 것이나 다름없었다. 이 수의에 참가한 백관들의 수는 어마어마했다. 신료가 9백 30명, 종친이 1백 70여 명, 합계 1천백여 명이었다. 물론 수의를 주재한 것은 영의정 기자헌이었다. 수의에 참가한 자들은 하나 같이 폐모를 주장했다. 기자헌은 대소 신료들의 의견이 한결같은 것을 보고 슬며시 자리에서 일어났다. 더 이상 그들과 자리를 같이하기가 싫었다.

그는 서강으로 나가 자신에게 중벌이 내려지기를 기다리고 있었다. 기자헌의 뒤를 이어 한효순이 수의를 진행했으나 폐모를 감히 반대하는 사람이 없었다.

"오성부원군 대감의 의논이오."

중추부경력 이사손이 소리치며 들어서고 있었다. 좌중의 시선이 일제히 이사손에게 쏠렸다.

오성부원군은 백사 이항복을 가리키는 말이었다. 이항복이 조정에서 물러난 것은 5년 전. 이제 그의 나이가 62세가 되어 있었다. 이이첨은 불길한 예감이 들었다. 이항복의 의견이 폐모론에 반대한다면 그의 뜻을 따르는 신료들이 있을 것이기 때문이다. 이항복의 의견은 상소로 되어 있었다.

신은 올 팔월 초아흐레에 다시 중풍을 얻어 몸은 비록 죽지 않았으나 정력은 이미 허탈해졌사옵니다. 하늘을 쳐다보고 구름을 바라보면서, 죽을 것을 단정한 지 오래였고, 이제 거의 반년 동안이나 병석에 있어 아직 일어나지 못하였사옵니다.

무릇 공사에 관해서는 사세가 대답하기 어렵습니다만, 이것은 나라의 큰일이오니 남은 목숨이 끊어지지 않았는데 어찌 감히 병으로 핑계를 삼고 입을 다문 채 잠잠히 있기만 할 것이옵니까. 대체 어느 누가 전하를 위하여 이 계책을 세웠사옵니까. 임금의 앞에서는 요순3의 도가 아니면 진술하지 않는 것이 옛날의 밝은 훈계이옵니다. 순은 불행하게도 부모가 완악하여 항상 순을 죽이고자 하였사옵니다. 순을 시켜 우물을 파게 하고는 뚜껑을 덮어 버렸으며, 창고를 수리하러 올려보낸 후에 창고를 불살라 버렸으니 그 위험함이 극도에 달했던 것이옵니다. 그럼에도 순은 목을 놓아 울고 사모하면서 부모가 그르다는 것을 생각하지 않았으니, 진실로 어버이가 비록 자식을 사랑하지 않더라도, 자식은 어버이에게 효도하지 않을 수 없기 때문이옵니다. 그러므로 춘추의 의리에는 자식이 부모를 원수로 여기는 법이 없사옵니다.

효도의 중요한 것이 어찌 친모나 계모가 다름이 있겠사옵니까. 지금 효도로써 나라를 다스려 한 나라 안이 점차 교화되어 가는 희망이 있는데, 이러한 말이 어찌해서 전하의 귀에까지 이르게 되었사옵니까. 지금의 도리로서는 순의 덕을 본받아 효도로써 화합하고 지성으로 섬겨, 대비의 노여움을 돌려서 자애로 만들고자 함이 어리석은 신의 바라는 바이옵니다.

---

3 요순(堯舜): 고대 중국의 요임금과 순임금을 아울러 이르는 말.

이항복이 상소문을 올리면서 자신에게 어떤 위험이 닥칠지 모를 리가 없었다. 이항복은 죽음을 각오하고 상소문을 쓴 것이다. 실로 최후의 충정이라고 할, 말 그대로의 피로 쓴 상소였다. 이항복이 올린 상소의 내용이 알려지자, 백관들 사이에 동요가 일어났고, 폐모론에 반대하는 신호들이 나타나기 시작했다. 정홍익은 결연히 나섰다. 정홍익의 뒤를 따라 김덕성, 김권, 이신의, 권사공 등이 효성을 다하여 폐모하지 말아야 한다는 의견을 개진했다. 그러나 대세를 막기에는 너무도 미미한 청원이었다.

11월 26일. 생원 진호선은 소를 올려 기자헌을 비롯한 폐모의 수의에 이론을 제기한 사람들을 엄히 국문하고, 특히 이항복은 효수4해야 마땅하다고 주청했다. 삼사에서도 기자헌의 처단을 주청했다. 홍문관에서도 별도로 두 번이나 주청했으니 단숨에 폐모로 몰아가려는 분위기였다.

내가 불행하게도 이러한 큰 변고를 만나 크게 근심하고 있

---

4 효수(梟首): 죄인의 목을 베어 높은 곳에 매달던 일.

는데 어찌 대신의 죄를 다스리겠는가? 다만 대신이 이미 논핵 당한 바 되었으니 사세가 출사하기 어려울 것이다. 이렇듯 위태한 시기에 정승의 직무는 오래 비워둘 수 없으니 정승을 바꾸리라.

광해군이 비답을 내렸다.

이를 삼사에서 받아들일 리가 없었다. 결국 광해군은 체직에서 파직으로, 다시 삭탈관직으로 형량을 높여갔으나 삼사나 유생들의 주청은 더욱 거세져 갈 뿐이었다.

서궁의 지위를 낮추고, 기자헌, 이항복을 효수하여 불충한 신하를 징계하소서.

그러나 광해군은 폐모에 대해서는 비답을 내리지 않았고, 기자헌과 이항복은 중도부처 할 것만을 명했다. 중도부처란 벼슬아치에게 어느 한 곳을 지정하여 머물러 있게 하는 형벌이다.

12월 5일. 삼사에서는 기자헌과 이항복의 처벌이 너무 경미하다고 다시 강경하게 주청했다.

삼가 이항복, 정홍익 등의 수의를 보건대, 순의 변고에 대처했던 도리를 인용하여 말하였사옵니다. 순은 본래 인륜이 지극한 분이니 진실로 본받을 만합니다. 그러나 오늘날의 일과 비교한다면 크게 다르다 할 것이옵니다. 순은 본래 필부였사옵니다. 비록 어머니에게 모진 박해를 당했으나 그 화는 한 몸에만 그쳤으니 순이 자식의 직분을 공손히 한 것이야말로 순이 순된 까닭이었사옵니다. 하오나 제왕은 종묘사직과 신민이 의탁하는 바이옵니다. 불행히 변을 만난다면 화가 종사와 신민에게 미치게 되니, 제왕이 변고에 대처하는 도리는 필부와 같이 할 수 없음이 명백하옵니다. 임금과 신하 사이에는 의리로써 하고 어머니와 아들 사이에는 은혜로써 히는 것이니, 대처하는 도리가 어찌 서로 현격하게 다르지 않겠사옵니까. 항복 등은 의정부에서 묻는 데는 언급하지 않고서, 감히 협박하고 우겨대는 말로써 전하에게 의견을 드리는 것처럼 하였사옵니다. 어찌 신하로서 임금에게 고하는 말이 이처럼 이치에 어긋나고 거만할 수가 있겠사옵니까. 김덕함은 항복, 홍익과 같다는 것으로써 의견을 드렸으니, 마음이 같으면 그 죄는 다르게 할 수 없사오니 모두 외딴섬에 위리안치하기를 청하옵니다.

광해군의 비답이 없자 11일, 13일, 16일에 여이어 산사의 합계가 계속되었다.

16일에 기자헌은 홍원, 이항복은 흥해, 정홍익은 길주, 김덕함은 명천으로 각각 배소5가 결정되었다. 그러나 이번에는 그 배소의 적부를 두고 논란이 일어났다. 삼사에서는 더 험한 벽지로 귀양을 보내야 한다고 들고 일어난 것이다.

삼사의 항변에 따라 기자헌은 삭주, 이항복은 창성, 정홍익은 종성, 김덕함은 은성으로 배소가 변경되었다. 다시 대간들이 배소를 더 험지로 바꿀 것을 주청했다. 기자헌은 회령, 이항복은 경원으로 바뀌었다가 다시 삼수로, 또다시 북청으로 변경되었다.

실로 참담한 수모였으나 당사자인 이항복은 태연하기만 했다. 이때 이항복은 청파에서 왕명을 기다리고 있었다. 그를 모시고 있는 사람은 애제자 이시백이었다. 이시백은 스승의 태연하기 그지없는 모습에 감동하지 않을 수가 없었다. 이시백이 조심스럽게 스승의 심회를 물었다.

---

5 배소(配所): 죄인이 귀양살이하던 곳.

"선생님, 죽고 산다는 것이 결코 작은 일이 아니질 않사옵니까?"

"아니지."

"오늘의 형국은 비록 곁에서 보는 저희들도 마음을 진정시킬 수가 없사온데, 선생님께서는 태연하시기가 평상시와 조금도 다름이 없으시니, 군자는 죽고 사는 일에도 이처럼 무심하실 수가 있는 것이옵니까?"

"허허허……."

이항복은 껄껄껄 웃었다. 모든 것을 초탈한 듯한 그의 얼굴에는 무슨 도인 같은 풍모마저 떠올라 있었다.

"난들 어찌 죽고 사는 일에 마음이 움직이지 않을 수 있겠느냐. 허나, 모든 일에는 전후가 있고, 무릇 행동에는 차례가 있는 법이니라."

"……."

"처음에 처형하기를 청하면, 전하께옵서 윤허하신 뒤에야 옥에 가두게 되고, 문초를 받아 죄가 결정된 뒤에야 처형을 할 것이 아니겠느냐? 만일 처형하기를 청하는 장주만 보고 놀라 동요한다면, 항차 형틀 앞에 섰을 때는 어찌하겠느냐?"

이시백은 스승의 풍모에서 초연하고 달관한 대승을 배웠

다. 하지만, 그것도 오래 갈 수 없는 일이었다. 이항복은 곧 함경도 북청으로 떠나가야 했기 때문이었다.

바람은 찼다. 이항복은 병구를 이끌고 북청을 향해 떠났다. 이항복은 북청으로 귀양길을 떠날 적에 다시는 살아 돌아오지 못할 것을 예견하였음인지 집안사람들에게 명하여 자기가 죽었을 때 필요한 염습할 여러 가지 물건을 준비해서 뒤따라오게 하였다. 과연 이항복은 다시 살아 돌아오지 못하였고, 준비해 간 염습 자료가 필요하게 되었다.

이항복은 철령을 넘으면서 시조 한 수를 읊었다.

철령 높은 재에

자고 가는 저 구름아

외로운 신하의 억울한 눈물을

비 삼아 실어다가

임 계신 구중궁궐에

뿌려본들 어떠리.

1618년(광해군 10년) 5월 13일 새벽. 이항복은 유배지 북청에서 영원히 눈을 감았다. 향년 63세였다.

이항복의 부음이 전해지자 광해군은 크게 슬퍼하며 곧 그의 관직을 회복시켜 주고 예를 갖추어 장례를 지내도록 했다. 인근의 백성들이 몰려와 목을 놓아 울었고, 전국에서 많은 유생들이 달려와 그의 죽음을 슬퍼했다.

장편소설 이항복 해설

　이항복은 초반부터 벼슬길이 순탄해서 승승장구했다. 초기에 정여립의 모반사건을 잘 처리하여 평난공신으로 책봉되는 등 선조의 신임을 받았고 승진도 빨랐다. 고속 승진이 평소에는 지극히 좋은 일이었으나, 임진왜란이 일어나 임금을 모시고 피난을 다니는 총책임을 수행하는 일은 정신적 육체적 고생이 극심한 일이었다. 선조의 뒤를 이은 광해군 때는 임해군과 영창대군을 살리려고 갖은 노력을 했으나 끝내 두 분 왕자가 죽임을 당하는 것을 막지 못했다. 또한 인목대비가 폐모 당하는 것을 목숨을 걸고 막으려다가 함경도 북청으로 귀양을 당하게 되고 결국은 귀양지에서 생을 마감하는 비운을 당하고 만다. 이항복이 관직에 봉직했던 시기에 임진왜란이 일어났고, 그가 모시던 두 임금 즉 선조, 광해군 때에 당쟁이 심했기에, 이항복의 공적인 삶을 이해하기 위해서는 임진왜란과 조선의 붕당정치에 대해 살펴볼 필요가 있다.

　일본이 조선을 침략한 원인으로 주로 거론됐던 것은 일본의 전국시대를 통일한 도요토미 히데요시가 일본의 국내 전쟁 이후 남아도는 무력을 외부로 방출시켜 국내의 통일과 안정을 유지하고자 했기 때문이라는 것이었다. 근래의 연구에 의하면 이보다 더 중요했던 것은 경제적 이유에 있었다고 한다. 즉 당시 국제무역에서 일본이 겪고 있는 어려움을 한꺼번에 해결하기 위하여 조선 침략에 나섰다는 것이다.

16세기에 동아시아의 한, 중, 일 3국은 약간의 차이는 있지만 모두 농업 생산력의 발달을 배경으로 상공업이 발달하는 등 전반적인 상승기에 있었다. 그 결과 국제 교역이 점차 활발해져 조선의 상인들은 중국의 비단과 비단의 원사 즉 명주실을 사서 일본 상인들에게 넘겨 이익을 남겼다. 반면에 일본은 구리 외에는 특별한 교역물품이 없어서 무역 적자를 벗어나기 어려웠다.

16세기 초 일본은 중국과 조선에 대해 중국의 비단과 조선의 면포 등의 수출량을 늘려줄 것을 요청했으나 양국은 국내 수요 관계로 이를 쉽게 받아들일 수 없었다. 그러자 일본 상인들의 교역 특설구인 조선의 웅천 제포, 동래 부산포, 울산 염포와 명나라의 영파에서 일본 상인들이 반란을 일으켰다. 이런 반란은 문제를 더욱 꼬이게 만들어 조선과 명은 일본과의 교역을 중단하는 등 통제를 더욱 강화했다.

이렇게 되자 일본 상인들 다수가 해적이 되는 사태까지 벌어졌다.

이에 명나라는 해안 지역에서 일어나는 반란을 막기 위하여 해안을 봉쇄하는 해금 정책을 취했다. 이런 상황은 도요토미 히데요시가 일본 전국을 평정했을 때까지도 지속되었다. 도요토미 히데요시는 정규 무역의 부활을 요구했으나 명과 조선은 이에 응하지 않았다.

일본이 중국 대륙 침략 시도가 가능했던 것은 16세기 중반, 일본이 조선과 명나라와의 무역이 거의 단절된 상태에서도 포르투갈과 스페인 등 서구의 해양 국가들과의 교역이 있었기 때문이다. 이들 국가들은 바다를 통해 동남아시아까지 세력을 확대했다. 그 여파가 일본에도 미쳐서 일본에서 다량으로 생산되는 은을 매개로 하는 무역의 활성화가 이루어지고, 총과 화약 등 신무기가 일본에 도입되었다.

이런 여건에서 신무기를 도입한 일본은 조선과 중국과의 교역 관계를 외교적 노력으로 풀려고 하지 않고 무력으로 해결하려고 한 것이다. 즉 일본은 조선에 이른바 정명가도[1]

---

1 정명가도(征明假道): 조선 선조 때에, 일본의 도요토미 히데요시가 조선 정부에 대하여 중국 명나라를 치는 데 필요한 길을 빌려 달라고 요구한 말.

를 요구한 것이다. 이순신에게 연패를 당하고, 도요토미 히데요시의 죽음으로 중국에는 침략하지도 못하고 조선에서 전쟁이 끝났지만, 일본의 본래의 목적은 조선은 물론이고, 중국까지 수중에 넣는 것이 최종 목표였다. 한편 조선은 건국 이래로 명나라 중심 국제 질서의 일원이라는 자부심을 가지고 있었으나 실은 매우 문약한 나라였다.

이항복은 조선왕조 5백 년 동안 나라가 가장 어려웠던 때인 임진왜란 시기에 국가의 중요한 직책을 맡아 오직 나라를 위해 몸을 불살랐다. 이항복은 선조와 광해군 때에 나라의 중책을 맡아온 인물이다. 그 당시에는 동인, 서인, 남인, 북인 등의 당쟁이 심하던 시기였다. 하지만 이항복은 어느 파당에도 가담하지 않고, 사심 없이 나라를 위하는 일에 몸을 바쳤다. 특히 임진왜란 당시에 선조를 모시고 피난을 다니는 일은 몸과 마음이 함께 엄청난 고통을 감수해야 하는 일이었다. 거의 모든 중신들이 자신의 이익을 위하여 각자 유리한 파당에 몸을 담았지만 이항복은 그렇게 하지 않았다. 일생의 친구인 이덕형도 동인에 가담했지만 이항복은 끝까지 어느 파당에도 가담하지 않았다.

이런 이항복의 처신을 이해하기 위해서는 조선의 당쟁이 어떻게 생겨나고 진행되었는가를 아는 것이 필요하다. 조선의 당쟁은 사림정치(士林政治)의 산물이고, 사림정치는 유교적 문치주의에 그 뿌리를 두고 있다. 그렇다면 유교적 문치주의가 어떻게 조선 사회를 지배하게 되었을까?

먼저 신라의 화랑도를 비롯한 삼국시대의 무치주의(武治主義)가 어떤 이유로 문치주의로 바뀌었는지를 살펴보자. 고구려가 중국의 수, 당과 싸울 때는 무치주의가 강력한 지배 이념이 되는 것은 당연한 이치였다. 고구려의 경당과 신라의 화랑도는 모두 청년 무사 집단을 키우는 제도들이었음이 이를 증명한다. 그런데 백제와 고구려로부터 협공을 당해 위험에 빠진 신라가 당나라와 동맹국을 맺어 백제와 고구려를 멸하자 중국이 동아시아의 패권을 차지하게 되었다. 당나라와의 동맹으로 신라가 삼국을 통일하기는 했으나 자칫하면 전국토를 당나라에게 빼앗길 뻔했다. 이때 마침 당나라에서 안록산(安祿山)과 사사명(史思明)의 난, 즉 안사의 난이 일어나 당나라가 이 난을 수습하는데 국력을 소모해야 했기에 다행으로 신라는 대동강 이남 지역을 확보할 수 있었다. 이런 과정을 거쳐 신라는 중국의 문물을 적극적으로 받아들이고 배우기 시작했다. 이는 살아남기 위한 자구책이었다. 이러한 정책은 고려시대로 이어졌으며 당나라는 세계 제국으로서 중화 중심의 세계관을 확립할 필요가 있었고, 신라, 발해, 안남의 유학생을 받아들여 중국 문화를 전파했다.

그 후 중국에 당시 세계 최강의 제국인 원나라가 들어서면서 고려의 중국에 대한 종속적 관계는 더욱 심화되었다. 이런 여건에서 고려는 중국문화와 우리의 토착 문화를 조화시키는 데 힘썼다. 아울러 강력한 황제의 권한에 바탕을 둔 중국의 중앙집권적인 문치주의를 배우기 위해 노력했다. 이런 노력 덕분에 조선에 이르러서는 중국과는 다른 독특한 중앙집권적 문치주의 국가가 성립되었다.

그렇다면 중앙집권적 문치주의란 무엇일까. 동서고금2을 막론하고 어느 나라에서나 권력투쟁은 항상 있어왔다. 전근대의 권력투쟁은 주로 무력에 의존했다, 그래서 칼을 휘둘러 권력을 잡으려는 무치주의가 지배적이었다. 그러나 반드시 칼을 쥐어야만 권력을 잡을 수 있는 것은 아니었다. 붓으로 하는 권력투쟁, 그것이 바로 문치주의다.

중국과 우리나라에서는 점차 유교적 소양을 갖춘 문관들이 정치를 주도하는 문치주의가 시행되었다. 문치주의는

---

2 동서고금(東西古今): 동양과 서양, 옛날과 지금을 통틀어 이르는 말로, '어디서나, 언제나'의 뜻. 고금동서.

황제나 국왕을 정점으로 하는 중앙 집권 체제를 수반한다. 입법, 사법, 행정에 관한 모든 권한이 왕에게 집중되어 있었다. 하지만 이런 권한을 현실적으로는 왕 혼자서는 수행할 수 없었다. 그래서 일정한 권한을 신료3들에게 위임해서 통치하는 방법을 썼다.

또한 정치가 복잡해짐에 따라 신료들은 문관과 무관으로 그 직능이 분화되었다. 그리고 문치주의 나라에서는 문관이 정치를 주도했다.

그런데 정치권력이 일단 신료들에게 배분되고 보니 권력을 둘러싼 왕과 신료 세력의 대립이 생겼다. 왕은 혈통에 의해서 계승되기 때문에 능력 여하에 따라 왕권을 제대로 활용하지 못하는 경우가 많았다. 반면에 신료들은 시험을 거쳐 능력 있는 인재를 등용했기에 발언권이 강해질 수밖에 없었다. 이에 신료들은 되도록 왕권을 제약하고 신권을 강화하고자 했다. 이런 특징이 특히 조선시대에 크게나타났다.

조선 중종 때 조광조 등이 주장한 도학정치는 주자학의

---

3 신료(臣僚): 모든 신하.

이념을 현실 정치에 활용하고자 한 것이었다. 주자학은 12세기에 고려에 전래된 후 조선왕조의 지배적인 사상이 되었으며, 16세기에 이르자 이론적으로 더욱 심화되어 사림정치의 사상적 토대가 되었다. 이때 조광조를 비롯한 사림파들은 도학정치 이념을 내세워 공신, 권신 세력의 부정과 부패를 공격해서 사회에 청신한 기풍을 불러일으켰고, 공신, 권신 세력의 위압에 부담을 느끼고 있던 국왕의 도움까지 받아 그 정치영향력을 키웠다.

그런데 명종 말기에는 권신 세력이 무너지면서 공격 대상이 사라지게 되자 마침내 사림들은 분열하여 붕당이 생기고, 붕당 간에 당쟁이 일어나게 되었다. 붕당은 학연, 지연을 중시했기에 당쟁에는 지역적 대립과 혈연, 학연의 대립이 수반되었다. 이렇게 되자 붕당의 정쟁 도구는 도덕적 수양이나 명분, 의리는 뒤로 가고 권력 획득이 우선이었다. 이런 당쟁의 폐단은 자칫하면 공멸할 위기를 초래할 위험이었다.

이런 위험을 방지하기 위해 창안된 것이 영조와 정조의 탕평정치였다. 이는 국왕의 힘으로 붕당의 뿌리를 뽑을 수 없는 상황에서 취할 수 있는 고육책이었다. 그런데 탕평정치의 결과로 외척 세력이 성장하게 되고, 사림정치의 와해로 견제 세력이 사라지자 정권이 부패하기 시작했다. 이렇게 하여 조선은 끊이지 않는 민란에 속수무책이었고, 외세의 침입에도 유연하게 대처하지 못해 결국 망국의 길에 들어서고 만다.

　이항복은 당쟁이 심하던 선조와 광해군 시대에 임금을 도와 나라를 바로 잡으려 온 힘을 기울인 사람이었다. 이항복은 당시의 정치인으로 보기 드물게도 어느 파당에도 가담하지 않고 사심 없이 오로지 바른길을 위해 죽는 날까지 자신을 불사른 사람이었다.

이항복 연보

1556년	형조판서를 지낸 이몽량과 최씨 부인 사이에서 막내아들로 태어남.
1563년(8세)	'칼(劍)과 거문고(琴)'라는 제목으로 시를 지음.
1564년(9세)	부친상 당함.
1572년(17세)	모친상 당함.
1574년(19세)	권율 장군의 무남독녀 외동딸과 결혼.
1576년(21세)	진사 초시에 3등으로 급제.
1581년(26세)	알성시에 급제하여 승문원권지 부정자가 됨.
1582연(27세)	예문관 검열인 정9품이 됨.
1586년(31세)	예문관의 봉교(정7품)가 됨. 성균관의 전적(정6품)으로 승진함.
1590년(35세)	예조정랑이 되어 정여립 모반 사건을 처리함.
1592년(37세)	일본군 15만이 조선에 침입함으로 임진왜란 시작됨. 선조, 서북 지방으로 피난함. 거북선 처음으로 사용. 선조, 의주로 피신함. 전국 각지에서 의병 일어남. 이조참판, 형조판서,

병조판서, 의정부 참찬을 맡음.

1593년(38세)   일본군, 철수 시작함. 명나라 군대도 철수하
　　　　　　기 시작함.

1597년(42세)   의주에서 돌아온 후에 우의정이 됨. 정유재
　　　　　　란이 일어남. 이순신 삼도통제사가 됨.

1598년(43세)   이순신 함대가 노량에서 일본 수군을 대파
　　　　　　함. 이순신 전사함. 도요토미 히데요시가 죽
　　　　　　고 일본군이 모두 철수함. 7년 전쟁 끝남. 도
　　　　　　원수 겸 도찰사, 영의정이 됨. 전쟁 가운데
　　　　　　선조를 모신 공로로 호종 일등 공신 작위를
　　　　　　받음.

1608년(53세)   선조가 죽고 왕세자인 광해군이 즉위함. 도
　　　　　　체찰사, 좌의정이 됨.

1613년(58세)   광해군, 영창대군의 관작을 삭탈하고 강화도
　　　　　　로 귀양 보냄.

1618년(63세)   1월. 함경도 북청으로 귀양 감. 5월, 귀양지
　　　　　　에서 세상을 떠남.

장편소설 이항복을 전후한 한국사 연표

1559년   임꺽정의 난 일어남. 이황과 기대승의 사단칠
　　　　　정 논쟁이 벌어짐.

1567년   명종 사망. 선조 즉위.

1574년   심의겸, 김효원이 논쟁을 하여 동인과 서인으
　　　　　로 분열됨.

1577년   이이, 『격몽요결』 간행.

1580년   정철, 「관동별곡」 지음.

1589년   정여립 모반 사건 일어남.

1590년   황윤길, 김성일을 일본 통신사로 파견.

1592년   임진왜란 발발. 한산도대첩, 진주대첩.

1593년   행주대첩. 일본군이 경상도 지역으로 철수. 선
　　　　　조가 한성으로 귀경함.

1594년   훈련도감 설치.

1597년   정유재란 발발. 원균 휘하의 수군이 칠천, 고성
　　　　　에서 대패함.

1598년   이순신 노량해전에서 전사함. 왜란 종결.

1604년	사명대사 유정이 포로 3,000여 명을 데리고 일본에서 귀국함.
1607년	허균, 『홍길동전』지음.
1608년	선조 사망. 광해군 즉위.
1610년	허준, 『동의보감』25권 지음.
1618년	인목대비의 호를 삭탈하고 서궁(西宮)이라 칭함.
1619년	명나라에 1만 3천 여 명의 원군을 파견하였으나 패배하고 도원수 강홍립은 후금에 항복함.
1623년	인조반정으로 광해군 폐하고 인조 즉위.